名家笔下的中国老城市丛书

名家笔下的 老西安

总主编 张祖庆
主　编 王林波 郭明月
朗　诵 柏玉萍

济南出版社

图书在版编目（CIP）数据

名家笔下的老西安 / 王林波，郭明月主编 . — 济南：济南出版社，2021.6（2024.8 重印）

（名家笔下的中国老城市丛书 / 张祖庆主编）

ISBN 978-7-5488-4062-6

Ⅰ . ①名… Ⅱ . ①王… ②郭… Ⅲ . ①散文集 – 中国 – 当代 Ⅳ . ① I267

中国版本图书馆 CIP 数据核字（2021）第 055317 号

名家笔下的老西安

MINGJIA BIXIA DE LAOXI'AN

王林波　郭明月　主编

出　版　人　谢金岭
图书策划　赵志坚
责任编辑　赵志坚　李文文　孙亚男
封面设计　侯文英　谭　正
版式设计　刘欢欢
封面绘图　王桃花

出版发行　济南出版社
地　　址　济南市市中区二环南路 1 号（250002）
总 编 室　0531-86131715
印　　刷　济南新先锋彩印有限公司
版　　次　2021 年 6 月第 1 版
印　　次　2024 年 8 月第 2 次印刷
开　　本　170 mm×240 mm　16 开
印　　张　9
字　　数　101 千字
印　　数　10001—13000 册
书　　号　ISBN 978-7-5488-4062-6
定　　价　45.00 元

如有印装质量问题　请与出版社出版部联系调换
电话：0531-86131736

版权所有　盗版必究

序

  每座城都是一本书，每本"城书"都有其独特的精神气质。

  生于此城，长于此城，你便与城融在一起，成为城的细胞。城的性格脾气就是人的性格脾气。城与人，相依共存。

  一座有生命的城，少不了市，故曰"城市"。

  城市于人的成长是烙印式的。无论你身在何处，永远不能忘记的是家的味道、城的气息、城的日常。我们怀想它，念叨它，也常会在某个时间点，因见到所居城市的一处景、一个人，甚至一株菜而深情满怀、热泪盈眶。作家池莉在回忆家乡武汉的菜薹时写道："我对菜薹是情有独钟不离不弃到即便它们老了也要养着，花瓶伺候，权当插花……看花时，总不免心生感慨：菜薹噢菜薹，你是我对武汉最深的眷恋。"

  每一座历经千百年的城市，都是一条生命涌动的长河，于风云变幻间，留下吉光片羽。

  一座古老的城市，值得我们细细品读。从显处读，可以是让游人赏心悦目的湖光山色，也可以是令吃客垂涎欲滴的特色美食。但是，仅读这些还不够，我们还要走进城市深处。风采卓绝的人物要读，深厚的文化底蕴要读，明亮的人文精神要读，这样才能走进一座城市的灵魂。

  可是，谁敢说，我们真正读懂了我们所生活的城市？谁又敢说，我们真正触摸到了城市的灵魂？可能，在喧嚣的城市里，孩子还没有静静凝视过家门前那条不知源头的河流，没有留心觉察过城市中不断冒出的楼宇，没有仔细聆听过城市发展的滚滚车轮声。甚至，有这样一种情形——生活在南京的孩子不知道石头城的历史，生活在苏州的孩子没听过评弹，生活在西安的孩子没了解过秦岭的前世今生……

不得不说，这是生命成长中的小缺憾。

中国有个性、有魅力、有文化的城市何其多也！若是有一套中国城市的读本，以名家的文字为城市代言，纵览历史发展脉络，横看现代文明景观，让青少年读者从书中读城市的古今面貌，用脚步触摸城市的现实温度，那该多好啊！我的倡议得到各地名师的积极响应，大家一拍即合，快速行动。我们希望，经由这套书，每位大小读者从自己所居之城开启城市阅读之旅，了解城的古今，梳理城的脉络，以城为荣，以城为傲。

人是城市的核心因子。人和城市的相处方式有很多种，阅读城市理应成为重要的一种。以中小学生喜闻乐见的方式打开城市阅读之门是我们的编写初心。通过阅读名家优秀的文学作品，让孩子建立对城市的文化印象，让城市发展脉络及精神气质化入孩子的生命成长中。

经多次讨论，我们最终把这套书命名为《名家笔下的中国老城市丛书》，初定二十个老城市，分别为北京、上海、杭州、南京、武汉、西安、济南、青岛、成都、重庆、绍兴、厦门、苏州、福州、徐州、广州、洛阳、开封、镇江、淮安。"老城市"就是有悠久历史、灿烂文明、独特意蕴的城市，老城市都是有故事的城市，读者能从书中感受到厚重的城市文化与个性迥异的时代特质。城市不分大小，大城有大城的宏伟，小城有小城的韵味。

为城市编书代言，我们深知其中的艰辛。一本小书难以概括一座城市的全貌和气质。尽管如此，我们还是愿意倾尽全力。我们组建了一支有深厚的文化学识和城市情怀的编写团队，他们多是在全国有影响力的特级教师、正高级教师、一线名师。有的名师为了在书中呈现更立体多元、经典可读的城市风貌，通读了几百本相关图书，仍觉得不够；有的名师对"老城市"的"老"做了精准的解读，对丛书的助读系统提出丰富的设计框架；有的名师带领他的"学霸"团队，利用节假日，走进博物馆、图书馆，做了大量的文献检索……毫不夸张地说，每个城市的编者都经历了艰苦的"前阅读"。

然而，写城市的文章太多了，选几十篇编入书中，简直是沙里淘金，且一定遗珠多多。选择什么样的文字呢？经过几番讨论，数易方案，渐渐地，编写组达成共识。我们发现，读城有迹可循。编写团队做了这样的梳理：

1.依循城市纵横交错的线索，确定框架。为打捞丢失在历史尘埃中的城市老时光，我们做了一番细细耙梳、反复筛选的工作，再沿着"纵""横"两条线索将占有的资料以主题单元的方式呈现。"纵"即城市的历史沿革、发展脉络；"横"就是城市当下的多面向文化叙事，包含景观、习俗、人物、美食、童谣等。这样编排，既有历史的纵深感，又有现实的亲切感，丰富博大的城市概貌就有可能浓缩在一本小书中。

2.充分考虑读者对象，精准定位选文方向。本丛书的主要读者是中小学生，兼顾其他年龄段读者，所选文章多是可读性、文学性俱佳的名家作品。很多写城市的书只是给大人看的，客观介绍一座城市，文字也不够浅近，孩子难免会觉得枯燥。从这个意义上来说，这是一套定制版的城市文学读本，这一特色让本丛书有别于其他城市主题的书。

3.让"行读城市"成为一种新的生活方式。读城市，最终要走到城市中。本丛书有一个重要的编写思想，那就是跟着编者行读城市。二十个城市读本中，有的将研学作为一个单独章节，有的则将其融合在各个章节中。无论采用哪种形式，小读者们都能从书中读到书外。一本书就是一座城的博物馆"入场券"，儿童（或成人）经由这张"入场券"，走进城市文明深处。

以《名家笔下的老武汉》为例，我们来一睹老武汉的城貌——全书分为八个章节，从《日暮乡关何处是》到《踏破铁鞋无觅处》《忙趁东风放纸鸢》，将江湖武汉、火辣辣的武汉、因爽而快的武汉生动地展现给读者。每一章都有"导读""群文探究"，每一篇都有"读与思"。读一本书，仿佛在与城市对话、与编者交谈，读者可带着憧憬之心、探究之趣在

城的古今穿梭，在城的南北畅游。

编者刘敏动情地说："二十年前，我在武汉读大学。如今，我拖儿带女留在武汉，安居乐业。多少次，我漫步于夜幕中的长江大桥，和灯火一起微醺；多少次，我在汉口江滩，寻觅百年的沉浮……"

不只是武汉，每一座城都值得用心去读。《名家笔下的老西安》编者王林波老师的感言，说出了所有编者的心声："三年多的时间里，我们走街串巷地亲历感受，我们翻阅文献广泛搜集筛选，我们对话作者深度访谈。一切的努力，只是单纯地想为你——亲爱的读者呈现最适合的老城市。"

我们有理由相信，这是一套真正的精华读本。读者站在名师深读的肩膀上鸟瞰城市，深入城市的叶脉、根系，享受读城的步步惊喜，体验读城的无穷乐趣。

亲爱的读者朋友们，《名家笔下的中国老城市丛书》是一座开放的城堡，我们将不断寻觅，让这个城堡的成员更丰富，文化更多元，视野更开阔。我相信，你们的阅读也必然是开放的——读城市的文学、文化、文明，读城市的传说、市井、烟火，读城市的性格、秉性、气质，读城市的人、事、景……自己读，和爸妈、老师一起读，走进城市博物馆，实景考察，深度研学；不仅读"我的城"，还要读"他的城"，因为这都是"我们的城"。

再次翻阅一本本书稿，我心中感奋不已。我仿佛又一次和编者朋友们一道，穿行一座座古城，漫步一条条大街，走进一处处深宅，聆听古老钟声，触摸历史心跳。

人在城中，城在心里；一眼千秋，千秋一卷；一卷一城，读行无疆。

于杭州·谷里书院

西安这座城市，值得你用心读懂它

西安是一座怎样的城市？

有人说它古老，惊叹于它五千年的历史，岁月的积淀让这座城市变得厚重而神秘，每一处古迹都值得细细品味；有人说它现代，喜欢这里无处不在的科技感、智能化，沉醉于大唐不夜城璀璨的灯光，折服于高新开发区创新的科技。

是的，西安就是这样一座城，一座润泽与馨香之城，一座充满文化气息的城市，一座值得细细品读的城市。

为了让你了解西安这座城的过去与现在，了解它的美食与美景，感受它的秦腔与秦韵，感受它的民俗与文化，我们精心编写了《名家笔下的老西安》。三年多的时间里，我们走街串巷地亲历感受，我们翻阅文献广泛搜集筛选，我们对话作者深度访谈。一切的努力，只是单纯地想为你——亲爱的读者呈现最适合的老城市，让你轻松愉悦地走进这座城市，触摸这座城市的文化，感受这座城市独有的风格。

本书共分为十个章节。第一章《长安，长安》，将带领你概览西安城，对整个西安城有个初步的印象。接下来选取了西安极具代表性的自然风光——巍巍大秦岭，以及文化景观——西安的街与巷、寺与塔，让你充分感受西安城的独特魅力。西安的历史如此厚重，十三个王朝是一定要了解的，于是又特别编排了《十三个王朝的背影》一章。西安有着独特的民俗、特色鲜明的美食，书中的第六、七章将带你体验这里的民俗与美食。

说到西安，秦人、秦韵、秦腔是绕不过去的，关中八景是必须谈到的，书中的第八、九章会让你身临其境，深入体验。读后，相信你一定会沉醉其中，第十章《梦回长安》将带着你再次回味西安的韵味，直至铭记这座城市。

全书十个章节的每一篇文章都是精心之选，这里有陕西文坛的杰出的代表、享誉全国的著名作家陈忠实等人的作品，也有表达风格鲜明、广受老百姓喜欢的本土作家的作品。每一篇文章，都有着浓浓的文学性和西安味道。

对于西安，或许你只知道打卡之地永兴坊，只知道摔碗酒很豪气，但你知道吗？南门里的书院门、端履门里的碑林博物馆也同样值得用心感受，与笔墨纸砚为友，会让你的内心沉静下来。

或许你只知道大唐不夜城的繁华，但你知道吗？古城墙的静谧同样魅力无限。在这里，古城墙的宏伟与沧桑，会让你懂得历史的厚重。

或许你只知道大唐不夜城的热闹非凡，但你知道吗？只有走进充满烟火气的小巷，你才能品尝到地道的西安美食，感受到浓浓的民风民俗。

西安就是这样一座城，一座十三个王朝曾经建都的城市，一座值得你走进去感受的城市，一座值得你静下心来去品读的城市……

目录 MULU

第一章　长安，长安

2　送你一个长安 / 薛保勤

5　一座润泽与馨香之城 / 朱　鸿

9　从西安到沧桑长安 / 贺泽劲

12　◎群文探究

第二章　巍巍大秦岭

14　秦岭七十二峪 / 肖云儒

16　秦岭书（组诗）/ 剑　熔

21　翠华山赋 / 杨广虎

24　◎群文探究

第三章　西安的街与巷

26　粉　巷 / 高亚平

29　永远的骡马市 / 陈忠实

33　◎群文探究

第四章　西安的寺与塔

36　过香积寺 / ［唐］王　维

38　慈恩寺上雁塔 / ［清］洪亮吉

40　畅游大兴善寺随想 / 张启忠

44　◎群文探究

第五章　十三个王朝的背影

46　古城墙风景 / 和　谷

50　华清池怀想 / 赵凌云

52　阿房宫赋 / ［唐］杜　牧

54　◎群文探究

第六章　民俗西安

56　灶爷的嘴巴 / 吴克敬

59　过年，家乡圆梦的炮声 / 陈忠实

61　龙抬头，炒豆豆 / 宗鸣安

65　撞干大 / 鹤　坪

69　老西安的童谣、吆喝声 / 朱文杰

72　童谣两首 / 宗鸣安

74　◎群文探究

第七章　吃在西安

76　蒸凉皮：夏天记忆中"家"的味道 / 鹿　儿

80　关中搅团 / 钱国宏

83　麦　饭 / 陈忠实

87　水盆羊肉 / 野　水

91　◎群文探究

第八章　秦腔与秦韵

94　秦腔缘 / 朱佩君

98　李十三推磨（节选）/ 陈忠实

104　秦腔《三滴血》选段 / 范紫东

107　◎群文探究

第九章　八景与八怪

110　关中八景诗 / [清] 朱集义

113　陕西八大怪，你说怪不怪？ / 郭明月

119　板凳不坐蹲起来 / 吕向阳

123　◎群文探究

第十章　梦回长安

126　寻人启事

128　遇见城墙

第一章　长安，长安

八百里秦川黄土飞扬，三千万人吼叫秦腔，
调一碗粘面喜气洋洋，没有辣子嘟嘟囔囔。

　　多有意思的一首民谣啊！读着这首民谣，你的眼前一定出现了广袤的三秦大地，耳边一定响起了豪迈的秦腔。对了，这就是老西安——古长安。它是世界四大古都之一，拥有五千年的历史，曾经是十三朝的都城，如此久远的历史让人震撼！

　　如今的西安城是"一带一路"的核心区，更是一座国际化大都市、网红城市，这样的长安怎能不令人向往？

　　赶快开始本章的阅读吧，让我们一起走进这座城，了解老西安！

扫码立领
★ 名师朗读
★ 美文微课
★ 城市印象
★ 老城记忆

送你一个长安

◎ 薛保勤

送你一个长安
蓝田先祖
半坡炊烟
骊山烽火
天高云淡
沿一路厚重走向久远

送你一个长安
恢恢兵马
啸啸长鞭
秦扫六合
汉度关山
剪一叶风云将曾经还原

送你一个长安
李白杜甫
司马长卷
华夏锦绣
天上人间
采些许诗意观照明天

第一章 长安，长安

送你一个长安
西风残照
皇家陵园
唐风汉韵
辉煌惨淡
留一份清醒审视今天

送你一个长安
秦岭昂首
泾渭波澜
灞柳长歌
曲江情缘
掬一城山水洒向人间

送你一个长安
一城文化
半城神仙
古都花开
春满家园
借今古雄风直上九天

送你一个长安
回首沧桑
一望千年

送你一个长安
体味大唐
珍重长安

送你一个长安
再加一份祝福
送你一个长安
还有祥云一片

> **读与思**
>
> 　　读着《送你一个长安》，你有没有一种熟悉的感觉？这是中国西安世界园艺博览会的主题歌的歌词，有感情地朗读，你一定会感受到朗朗上口的韵律，感受到歌词中描绘的气势恢宏的长安。
>
> 　　除了朗读，找到这首歌听一听，或者跟着唱一唱也是不错的选择哦。赶快试试吧！

一座润泽与馨香之城

◎朱 鸿

　　天下之城,各有其美,不过论软实力,似乎还是大的大,小的小。有的地方经济发达,容易致富,但生活起来却总欠舒服,甚至灵魂无寓,心有所失,常常显出一种紧张感、漂泊态。我看这样的地方软实力就差一点,因为人不是赚钱的工具。

　　西安有精神家园。

　　考察西安的软实力,不可忽略这座城所独具的一个又神奇又深远的背景。

　　城以西安名之,固然是一三六九年明朝的事,之后经清朝、中华民国沿袭到现在,但这座城的营造却是以故国旧都为基础的。它的前身是长安,是咸阳,也是镐京和丰邑。在西安的鼓楼上,高悬一方匾,题额曰文武盛地,意为周人尝在此创功立业,足证西安之奥博。

　　西安为城,显然是融于形胜、史迹和遗址之中的。尤其是周之青铜器、秦之兵马俑、汉之画像石、唐之塔,凡此华严瑰玮之物,无不是西安人可以朝夕见面的。

　　在西安地图上能够看到的朱雀门、含光门、新开门、土门、洒金桥、窦府巷、景龙池、索罗巷、草场坡、安仁坊、柳巷、庙坡头、月登阁、丈八沟、白家口、瓦胡同,都是唐人所留下的。也许在这些地方,陈子昂投过书,王维上过朝,李白使过性,杜甫求过仕,韩愈落过榜,白居易遭过贬。诗人的悲欢仍在回响吧！西安人在此来来往往，踏的显然是唐人曾经进进出出的道路。

难得的精神家园，西安让我喜欢。生活于斯，可以荣幸地负古抱今，念天地之苍茫，感天命之反侧，以洞明真理，顺应潮流。

西安有活的文化形态。

西安的软实力，也在于其文化形态。官方的各种文化设施和机构，各类文艺奖项之颁发，也会时时构成新闻，制造轰动，轩然酿成一种文化气氛。这样的气氛应该是西安的一种软实力，然而中国各城都会如此运作，经济发达之城甚至会做得热烈而璀璨，遂难免让西安逊色。

不过西安还有一种文化形态，它像水一样自泉而涌，顺势而流，在平地小溪潺潺，遇山便蜿蜒曲折，或应物变形，或汪于沟壑，然而不会止息。这样的文化形态是西安的收藏、书法和文学。

在西安的公园总能看到一些人一手提桶，一手握笔，蘸水在石板上或砖头上刷着，水到字出，水干字消。书法培训班比比皆是，家长不一定都要让孩子当书法家，不过颇想造成一种修养。西安的大街小巷，凡饭馆、药铺、发廊、衣屋、客栈、网吧，多有以当代书法家所题额制匾的。

唐诗在此为盛，但文学的传统却能远追周颂汉赋。不过要论奇葩，仍是唐诗。唐长安是那时候一代青年的文学的天堂，即使漂泊，也要交游于斯。

西安是非常宽容的。

实际上西安之软实力卒归于西安人的意识和素质，因为得鼎

第一章 长安，长安

者固然英明，然而如果守鼎者荒淫暴虐，那么其终将使近者怨、远者隐，即使不失鼎，鼎也会失色。

西安很老，然而西安人并不单一。西安是一个有中国特色的移民之城，起码西安有移民的元素。随着商业和贸易的发展，西安的移民显然越来越多。今之西安，有世界上任何地方的人。这些都调整着西安人的意识，并养成一种趋于文明的素质。

我始终能感到西安人是亲善的、厚道的。所谓古风犹存，古道热肠。向其问路，西安人，尤其是长者，必耐心指点，甚至会拉你往岔口去，一定要让你辨别得清清楚楚。

西安人也有宏阔之视野和丰富之见识，这基于此城风土的熏染。长安曾经是一个国际大都市，罗马人、印度人、大月氏人、波斯人、阿拉伯人，都在此城生活。西安的回族人，有的就是当年波斯人或阿拉伯人之后裔。有秦以来，中土之外的人，特别是

7

西域之人,皆被称为胡人。唐长安胡人甚多,流行胡服和胡食。长安当年的宗教除有道教之外,还有佛教、景教、拜火教、摩尼教,大有宗教自由之气象。西安属于如此传统之下的一个城,西安人遂新事不轻率拒绝,奇事能淡然处之,一切都仿佛经历过、体验过。

(有删节)

读与思

一座座城市就像是一个个人,特色鲜明。正所谓天下之城,各有其美。西安这座古城的美是独特的、令人难忘的。

我从"朱雀门"这个名字中感受到了历史的气息,你呢?我从公园里蘸水书写的人身上感受到了文化的意蕴,你呢?

作家朱鸿说,西安是一座润泽之城、馨香之城。读了这篇文章,你觉得西安是一座怎样的城市呢?

从西安到沧桑长安

◎贺泽劲

西安，宛若一部史书，记录着中华民族的沧海桑田。强汉盛唐，中国人最引为自豪的两个强势时期，都是以西安为舞台。汉朝，丝绸之路从这里延伸而出，把东方文化的神秘与灿烂源源不断地输向西方；唐朝，长安成为国际化大都市，敞开了胸怀迎接取经归来的唐三藏和纷至沓来的遣唐使。

一千二百多年前，这座古城沐浴过"集万千宠爱于一身"的杨贵妃。其实，西安也堪称集历史的"宠爱"于一身，历史留给西安太多的荣耀。从一百余万年前的灞河边蓝田猿人燃起的火光中，可以看到人类文明的曙光；站在六千多年前的半坡文化遗址上，可以一窥中国母系氏族公社的繁荣。

拥有悠久历史的城市并不少，可我认为西安是最有历史感的，无处不在的古意古韵不经意地就散发出一种让游人肃然起敬的气质。悠久、博大、古朴、典雅，有很多诸如此类的形容词都可加在西安的头上，如果只能用一个词概括，唯有"厚重"这个词最适合。西安太厚重了：它见证了周文王创建都城，秦始皇一统天下，西汉盛世"文景之治"，卫青、霍去病马踏匈奴，唐太宗"贞观之治"，中国第一个女皇帝武则天登基；这里萦绕着汉赋唐诗的吟咏唱和，回响过金戈铁马的杀伐号角，也演绎过霓裳羽衣的轻歌曼舞……

西安的厚重，不只是在秦砖汉瓦上能感受到，在从周秦汉唐一路走来的西安人身上更能感受到。西安人堪称大西北人的豪爽和洒脱的集大成者，他们身上有着典型的关中人性格，可以说是陕西人的缩影。

千余年皇城根下的历史记忆和文化底蕴，使得厚重成了西安人代代相传的遗传基因。西安人初看起来有些生冷硬倔，其实是面冷心暖，他们用耿直坦率、纯朴热情为古都增添了一道风景线。因为有耿直硬倔的西安人，西安就成了一座很难被外来时尚影响的城市。尽管小资、摇滚、酒吧等时尚潮流也可在西安粉墨登场，但其影响大都只是"水过地皮湿"。西安人依然尊重历史，钟情文物字画，依然讲究传统礼仪，推崇本地文化名人。汉民族史上的三个重大的盛世时期，都是在西安拉开序幕。西安人的祖先对繁华喧嚣已司空见惯，久而久之，便练就了"弃美艳、绝浮华"的沉稳大度，也为后世子孙划下了一条返璞归真的道路。在西安，很难弄清谁是引车卖浆者的子弟，谁是皇室贵胄后裔，似乎哪家的祖先都与皇亲国戚、达官显贵有关联，于是，"贵族气息"在西安只能表现得非常平民、非常大众。

在西安，也很难弄清到底谁是文化人，因为碰到的每一个人，不管是教授还是卖凉皮的老太太，言行举止都不经意地流露出汉风唐韵，骨子里都有着千年古都熏陶的文化传承。游人弄不清有多少博大精深的"大隐"隐于市，只能感叹一声"西安，真乃藏龙卧虎之地也"。

"喝西凤、吃泡馍、吼秦腔"被概括成了"关中人的形象"，当然，这也是游人必不可少的当地体验。性烈醇厚的西凤酒，劲道味重的大碗泡馍，街市上都随处可见。烈酒好面，在北方并不罕见，唯有这秦腔是关中汉所独有的特征。"八百里秦川尘土飞扬，三千万老陕齐吼秦腔。"听秦腔、吼秦腔至今仍是西安人日常生活中的一大乐事。和兵马俑一样，秦腔也可被视为陕西的象征。

秦腔的表演朴实、粗犷、豪放且极夸张，唱腔慷慨激昂、强烈急促、苍劲悲壮，有如号啕。有一种说法是，西安这座城市皇陵遍地，阴气太重，而秦腔那惊天地泣鬼神的阳刚之气，正可用来冲淡几千年郁积的阴气，从而达到阴阳平衡、刚柔并济之功。

喝了西北的烈酒，嚼过关中的馍，再听那高亢的秦腔，便觉得这种说法有几分道理。甘肃许多地方也盛行秦腔，我们一路上也听过不少，但在西安听秦腔，感觉格外大气苍凉。不知是不是因为千年古都独具悲怆历史，而个体生命面对厚重历史时更多的感受是茫然且无奈，人们唯有将情绪投射到秦腔，才好释放那语言难以表达的洞彻历史的力量。

读与思

追溯历史，从西安到沧桑长安，我们眼前浮现出太多的历史人物。除了秦始皇、唐太宗，你还想到了谁？提到西安这座城，我想到了厚重，你又想到了什么呢？

西安这座城充满了神秘的色彩，有很多有趣的现象。阅读这篇文章，你被哪些现象深深吸引了呢？

群文探究

1.阅读了这一组文章,老西安给你留下了怎样的印象?请在下方的框内写3—4个你印象最深的关键词。

2.许多诗人都写过长安。请你搜集相关的诗句,摘录下来,并选择经典名句进行背诵。

经典诗文卡片1

_____
_____
_____
_____

朝代:_____ 诗人:_____

经典诗文卡片2

_____
_____
_____
_____

朝代:_____ 诗人:_____

第二章　巍巍大秦岭

太乙近天都，连山接海隅。

白云回望合，青霭入看无。

　　你可知道，我国南北方是如何分界的？你可知道，被尊为"华夏文明的龙脉"的是哪座山脉？

　　对了，就是巍巍大秦岭！由于秦岭南北的温度、气候、地形均呈现差异性变化，因此秦岭—淮河一线成为中国地理上最重要的南北分界线。

　　晴朗的日子里，在老西安城里登高望远，巍巍大秦岭便清晰地屹立于眼前。它的巍峨令人震撼不已，它的葱郁让人神清气爽。

　　秦岭是陕西省内关中平原与陕南地区的界山，更被尊为"华夏文明的龙脉"。作为中华儿女，我们每个人都应该走进秦岭，了解秦岭。

扫码立领
★ 名师朗读
★ 美文微课
★ 城市印象
★ 老城记忆

秦岭七十二峪

◎肖云儒

秦岭北麓千百条山褶的深处，像脉络一样分布着大大小小的沟谷，统称为"秦岭七十二峪"。

《中国国家地理》杂志曾经这样表述过秦岭在中华群山中无比的重要性："中国许多山虽然很有名，但大多数山假如从不存在，对中国也没什么，可是假如没有秦岭，中国将不称其为中国。"唐诗曰"终南阴岭秀"，秦岭的阴面即北麓，秦岭北扬南伏，与较为平缓的南麓相比，北麓陡峭、险峻，从大视角看去，秦岭在关中平原上突兀地高高矗立，给人强烈的美感震撼。如果在空中从南往北看，无边无际的群山有如奔腾的海浪向北铺展，亲吻着大地，一到关中平原则有如腾空而起的浪头，排山倒海，那是何等波澜壮阔的历史乐章。

虽然名为"秦岭七十二峪"，但是秦岭北麓不止七十二峪，说的"七十二峪"乃虚言其多。

秦岭北麓，距离西安以及东府、西府城市很近，人类生存和社会活动频繁，开发利用比较充分，因此具备了丰富的自然地理、宗教文化、人文历史内涵。秦岭北麓是秦岭的精华，峪道则又是秦岭北麓的精华。通过秦岭的峪道，足可以一窥大秦岭的精、气、神。从山水风光看，峪道是秦岭山水的通道和承载者，风光优美，气候凉爽，帝王、将相、名士多在其中修建宫殿园林以避暑休闲，尤以西安南部的终南山为最。长安的天子峪、抱龙峪、扯袍峪的名字就与皇家行宫有关。至今华山峪、汤峪、库峪、沣峪、太平峪、赤峪（红河谷）等都是旅游休闲的胜地。

从人文历史看，一些大的峪道同时也是凿空、贯通秦岭南北的古代交通要道，如以蓝峪、辋峪、库峪、子午峪、沣峪、黑峪、骆峪、汤峪、斜峪等为代表的秦楚古道、秦蜀古道等，都留下了众多的历史故事和传说，为中华文明的发展做出过贡献。这些古道到了现代，有的已经在其线路上修通了铁路、公路甚至高速铁路和高速公路，有的至今仍保留着栈道遗迹。

亘古以来，蓝田猿人、半坡氏族、炎黄文明以及以周、秦、汉、唐为代表的中华文明，皆孕育于秦岭，繁衍于秦岭，发展壮大于秦岭。今后，促进"一带一路"沿线城市的发展，建设国际化大都市、国家中心城市和关中平原城市群，实现中华民族伟大复兴的中国梦，也必须依托大秦岭的支撑与保护。保护好这份珍贵的遗产，把它完整地传承给后人，是我们每一个人应尽的义务。

宣扬大秦岭，保护大秦岭；让世界知道大秦岭，让世人爱上大秦岭；让秦岭风光更美丽，让秦岭生态更美好！

（有删节）

读与思

秦岭七十二峪是秦岭的精华所在，展现着大秦岭的精、气、神。肖云儒先生笔下的秦岭是美的，给人以强烈的美感震撼，同时，他笔下的秦岭也是有故事的、有历史的，太多的传说故事需要我们去品味。把秦岭文明这份宝贵的遗产完整地传承给子孙，是我们的义务；把这份美好传递给世界，让世人爱上秦岭，也是我们的责任。

秦岭书（组诗）

◎剑 熔

望秦岭

穿越秦岭
我已是多次
从汽车到蒸汽机
再到特快列车
虽然在秦岭的体内转悠
却没有真正读懂秦岭

这一次，在炎热的三伏天
我向往秦岭深处的清凉
站在渭北铜川的山塬上
将目光举起南望
穿过泾河，穿过渭河
穿过十三朝古都繁华的西安城
望秦岭蜿蜒的葱绿
像一条巨龙
横卧在三秦大地
华山的险峻
秦岭有了秦人的刚性

如秦腔一样豪迈

太白山的高耸

秦岭有了不屈的性格

如黄河水一样奔放

秦岭的山山水水

沟沟壑壑

构成他强劲的筋骨

秦岭，在夜晚

风的手打着星星的灯笼

一边挽着丹江的胳膊

一边拉着黄土高原的衣襟

行进在岁月里

望秦岭

望三秦的骨气

和豪气

夜秦岭

在夜间

哪怕是有圆圆的月亮

和闪烁的群星微笑

我的目光也无法穿透黑暗

看清秦岭的面目

只能待在高处
看他朦胧的身体

夜秦岭
给了我想象的空间
绿一定是很丰富的
露珠一定是晶亮的
溪流一定是自由的
鸟雀一定是归巢休息了
还有秦岭四宝
熊猫，羚牛，朱鹮，金丝猴
野生的
一定躲到自己的家里做着梦
风依然走动
小风走山穿谷
大风呢？不小心滚下山坡
或者坠入悬崖
瀑布欢唱
声声回荡

夜秦岭
朦胧着
我的想象除去清晰的几个外
其他的，都是朦胧的

醉秦岭

在这个蒸笼似的夏天
除了甘南、青海、西藏
以及大东北
我第一个想到近在咫尺的秦岭
想到秦岭的凉
和那些在凉意中歌唱的鸟雀

秦岭，是岭也是山
南北的分界线
在这里游走
你感觉不到盛夏暴躁的脾气
夏日的另一面
一个热的反义词在这里体现
加上美丽山景
这些纯自然的
和宽阔无限的森林氧吧
让一个醉字
刻在你我的脸上

名家笔下的**老西安**

读与思

　　秦岭的美令人沉醉。如果你还没有真切地感受到这种美,那就赶快来读一读这组诗歌吧!跟着作者一起望秦岭,感受"他"的葱翠雄壮,倾听"他"的瀑布欢唱。我想,你一定也会沉醉其中!

　　这样的一组现代诗需要你大声地诵读、用心地诵读。唯有入情入境,才能读懂秦岭!

翠华山赋

◎杨广虎

有人把翠华山比作秦岭的眼睛，纯洁无瑕，美满迷人，让横亘在八百里秦川的秦岭有了几分柔美和明媚；有"秦岭明珠"之称的翠华山，更以其名副其实的天池——上天所赐予的宝物，吸引了多少文人墨客、书画大家、臣民百姓、才子佳人！

我说，翠华山本身就是一个天生尤物，它深邃，它恬静，它冲动，它豪放；凹凸不平的石海展示着大山迷人的身段！上天的宠爱，一场场山崩地裂，一次次人间地震，多少悲欢离合，全湮没在了这一堆堆石海之中！"中国山崩奇观""地质地貌博物馆"……我被这大自然的鬼斧神工所倾倒！它雄伟，它料峭，它挺拔，它粗犷，它似万箭穿空，又似挥戟惊天；宛如一队队将士冲锋陷阵，又像一排排队伍严阵以待，一声令下，地动山摇，千峰拔地，万笏朝天！我被这千变万化、千姿百态的美景震撼到了！如果有时间，你不妨也择一高点，坐一巨石，看这万马奔腾的巨大场面，你也会热血沸腾，你也会豪气冲天，你也会阅尽人生，感受生命的活力，笑傲生活。

巨石堆垒，气象万千，林深草幽，瀑布飞流。可以探奇穴，寻幽洞；可以放飞青春的梦想，寻找生命的绿意。盛夏六月，冷气嗖嗖；炎炎酷暑，寒气逼人！一天历尽春、夏、秋、冬！那争奇斗艳的花草，随着山风摇曳，含羞带粉，颇有几分红袖添香的诗情画意。当你在天池上或荡舟，或垂钓，或挥桨，或驱艇飞驰，燃烧青春的岁月，品味美好的时光！翠华庙在玉案峰上，幸运的话，可以看到玉案行云，云蒸霞蔚，湖光潋滟，神山圣水，奇观无限，天上人间！

翠华山，因汉武帝曾在此拜谒太乙神，更因翠华姑娘单纯美丽的爱情故事流传千古。可以来此寻找太乙真人的踪迹，感悟道法自然；也可以探求翠华姑娘的芳踪，爱情至上；还可以养神怡性，与大自然对话，呼吸清新空气，净化心灵，忘却烦恼，与山水倾诉心声，或许一个愿，深埋心底。秋季枝头高挂的红柿是梦，是爱的信物，闪烁着暖意和光芒。

登临翠华山秦岭主峰海拔2604米的终南岱顶，傲看南北各异的分水岭奇景，赏墨松、踏草甸、看奇花，那些历经沧桑的南山松，和关中的汉子一样，吼一声秦腔，唱一曲信天游，伟然傲立，威震四方！去正岔沟看十里百潭，沐浴其间，洗尽铅华，仰视百米瀑布，嬉戏观鱼，心旷神怡，在这世外桃源尽情抒写灿烂人生！

美哉，翠华山！壮哉，翠华山！

翠华山是一曲动听的歌！

翠华山是一首挚爱的诗！

闲哉，翠华山！悠哉，翠华山！

翠华山是一幅水墨画！

翠华山是都市后花园！

巍巍秦岭，皇皇华夏，中国龙脊，神州脉源。感谢大自然的美妙！天造地设的翠华山，让我在夜晚看着星星和月亮，想起了瑶池仙境，玉树琼楼！它宽容，它质朴。北望长安，三秦尽在眼底，渭水缭绕，秦砖汉瓦，丝路花雨，凤鸣岐山，大唐追梦，古城新貌，国泰民安！看尽历史的烟尘，翠华山像一位哲人，沉默是金，记载着历史的一次次感动。

我仿佛听到秦始皇率领千军万马统一中国的豪壮之声，又仿佛听到翠华姑娘感慨人生多坎坷的幽幽叹息，还听到了一对对少男少女的海誓山盟。翠华山，让人魂牵梦萦，让人永世难忘！大爱无声，大象无形，我为你陶醉，为你沉迷！

秀木繁荫，百花溢香！神奇美丽的翠华山，我愿与你终身相伴！抚摸你坚挺的额头，凝视你刚毅的目光，感受你神奇的张力！你的明亮清澈，让我一次次为你折服！那冬季美景和天然滑雪场，让我再唱一首高昂的冬季恋歌！

"终南胜景知多少，此处别开一重天。"翠华山的世界更精彩，世界的翠华山更奇妙。历史在这里驻足，时间在这里停滞，昔日的皇家"上林苑"，今日的百姓游览地。重温翠华，我为你弹一曲《翠华山赋》，与你相伴，幸福永远！

读与思

翠华胜景，奇观无限。《翠华山赋》是杨广虎的散文作品，2011年获得首届全国旅游散文大赛一等奖。这篇文章以极为优美的文字向我们描绘了秦岭明珠翠华山的美景。文中大量使用四字词语，语言精练，耐人寻味；同时，形象生动的比喻让翠华山有了灵气，令人沉醉。这样的文字需要细细品读，这样的美景需要细细品味。

美丽的翠华山还是一座神秘的、有故事的山，赶快去查一查关于它的传说故事吧！

群文探究

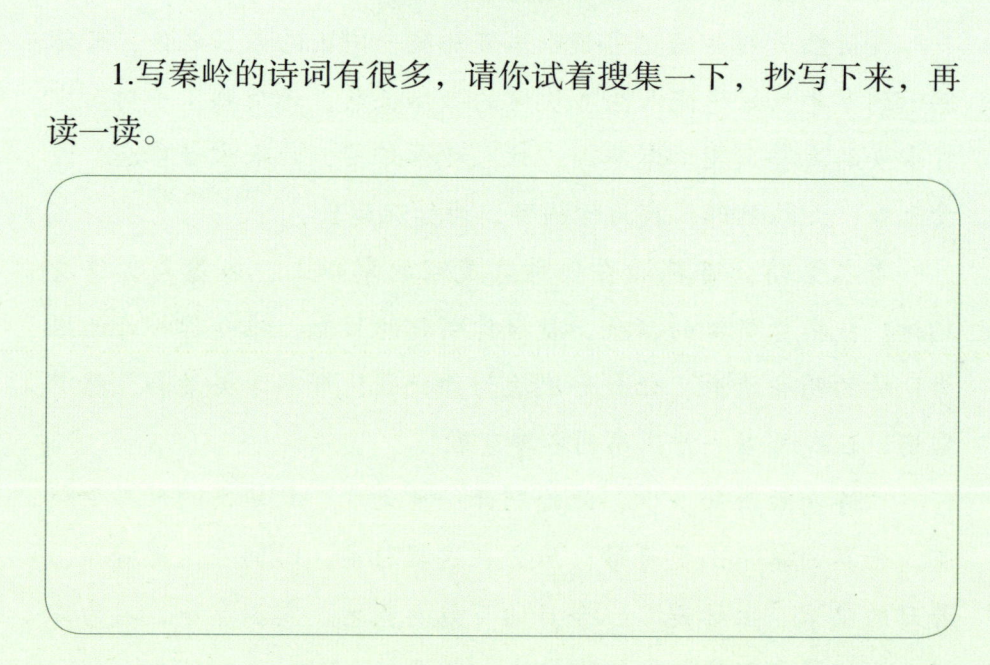

1.写秦岭的诗词有很多,请你试着搜集一下,抄写下来,再读一读。

2.中央电视台曾热播过8集纪录片《大秦岭》,赶快搜一搜,观看一下。看看从纪录片中,你对大秦岭又有了哪些认识。

第三章　西安的街与巷

东西南北四大街，钟楼鼓楼在其中，

柏树林街卧龙寺，关中书院育明清。

　　西安的每一条街道、每一条小巷，都是有故事的。

　　走在西安的街巷之中，我们能看到的是它的古朴、历史的悠久。但这远远不够，它独有的魅力只有用心才能感受得到。让我们一起走在西安的街头，了解那些街巷的历史与故事，感受这座城市、这些街巷的魅力吧！

扫码立领
★ 名师朗读
★ 美文微课
★ 城市印象
★ 老城记忆

粉 巷

◎高亚平

在西安生活的三十年时间里,让我不能忘怀的地方很多,粉巷就是其中一个。

这是一条东西向的小巷,东连南大街,西接南院门,也就一里的样子。就是这条不长的小巷聚集着西安一些很重要的机关、单位,但我记住这里不是因为它们,而是因为德福巷和街道两旁的绒线花树,以及位于南院门上的古旧书店。

我打小喜欢读书,尤其喜欢读古典类的著述,这样就和古旧书店结下了不解之缘。古旧书店在市委的对面,市委居北,古旧书店居南。过去南院门西边还没有盖楼时,如果你在市委上班,又恰好在南楼办公,于办公之余,喝口茶,活动一下筋骨,不经意地往南一瞥,透过南院门广场前的绿树,就可看见西安古旧书店静静地蹲踞在那里,优雅而朴素。古旧书店门脸不大,有三四间铺面那么大,中开一门,门头高悬一匾,上书由鲁迅先生题写的店名:西安古旧书店。字是雕刻上去的,黑底绿字,不扎眼,和房屋上的青色小瓦搭配起来很协调,显得典雅而庄重。我是什么时候开始出入古旧书店的,已经记不清楚了。但至少在一九八六年前后,我已来过这里是无疑的。

逛过了古旧书店,我有时会沿粉巷东行,去德福巷找一家茶楼坐坐。德福巷是一条斜斜的小巷,它北接粉巷,然后一路向东南方向斜去,一直通往湘子庙街。其巷名的意思为"仰德而获福",仰何人之福?八仙之一韩湘子也。德福巷的南口有湘子庙,传说是唐代韩湘子修道成仙的所在。这条小巷比粉巷还小还窄,不到三百米,但却别具风情。整个小巷街道纯用青石铺就,街两边种的也是绒线花树,透过稀疏的树枝可以看到,街两边全是茶楼、咖啡屋、酒吧。这条小巷虽处于闹市,却无车马的喧闹,显得极为宁静,且有一种悠闲的浓浓的文化氛围。

夏日午后,一个人走进茶楼,选一临街的座位坐下,泡一壶茶,然后挥去服务生,静静地品饮,想想心事,想想自己心仪的人;或者,拿一册有趣味的书,边啜边读。此时,有微风透过绒线花的花叶,轻轻吹来,有蝉儿在叫,不觉心怀大畅,觉出人世的无限美好。而薄暮时分,华灯初上,夜风徐来,灯光在花叶间摇曳,和二三好友慵懒地坐在茶楼,边品茗边聊天,谈谈读书写作,谈谈人生,则别具一种风味。

如果是在秋日,又适逢下雨,独自在德福巷里散漫地走,听雨声滴答,看雨滴在青石板上跳跃如珠,或独坐茶楼,心绪则会一下子变得萧索、散淡起来,不由得让人生出"抱瓮灌秋蔬,心闲游天云"的心思。在德福巷所有茶楼中,我最爱去的是福宝阁,这家茶楼就坐落在德福巷的北口,因文化人来得多、文化味道浓而出名。我就曾在此参加过诗人第广龙兄的诗歌朗诵会。那是前年七月一个周日的上午,那时,粉巷和德福巷街边的绒线花正开得如火如荼,远远望去,若彤云丹霞。那日的朗诵会也开得很成功,本地的很多诗人都来了,大家在一块儿喝茶、弹古琴、朗诵诗歌,极为开心。

粉巷及其附近还有几家卖吃食的,如春发生的葫芦头、牵人麻辣粉等,都是一些很有特色的小吃,好吃而不贵。这也是吸引我常来这里的一个原因，但绝对不是主要原因。我至今仍爱在粉巷闲转，无论春夏秋冬，也无论刮风下雨。我喜欢这条小巷的历史，喜欢它的热闹，但我更喜欢它的宁静与诗意。

（有删节）

读与思

粉巷地处市中心，可谓闹市区，但它却能带给人一种宁静与诗意，这也正是许多人喜欢这条街的重要原因。这篇文章能够勾起许多老西安人的记忆。春夏之交的绒线花开得如火如荼，好不热闹。不过，古旧书店里却四季如常，典雅而庄重。于文人，书店、茶楼是记忆的重要篇章；于百姓，葫芦头、麻辣粉也是难忘的记忆。

有机会你一定要到粉巷走一走，踏着青石的路面，感受它的厚重，欣赏粉红的绒线花，感受它的热情。相信你会喜欢上这条街，喜欢这条小巷的历史，喜欢它的热闹，喜欢它的宁静与诗意。

永远的骡马市

◎陈忠实

头一回听到骡马市，竟然很惊讶。原因很简单，城里怎么会有以骡马命名的地方呢？问父亲，父亲说不清，只说人家就都那么叫着。问村里大人，进过骡马市或没去过骡马市的人也都说不清渊源，也如父亲一样回答，自古就这么叫着，甚至责怪我多问了不该问的事。

我便记住了骡马市。这肯定是我在尚未进入西安之时，记住了的第一条街道的名字。作为古城西安的象征性、标志性建筑钟楼和鼓楼，我听大人们神秘地描述过多少次，依然无法具体想象，还有许多街巷的名字，听过多遍也不见记住，唯独这个骡马市，听一回就记住了。如果谁要考问我幼年关于西安的知识，除了钟鼓楼，就是骡马市了。这个道理很简单，生在西安郊区的我，只看见各种树木和野草，各种庄稼的幼苗也辨认无误，还有一座挨着一座的破旧的厦屋，一院连一院的土打围墙，怎么想象钟楼和鼓楼的雄伟奇观呢？晴天铺满黄土，雨天满路泥泞，如何想象西安大街小巷的繁华，以及那些稀奇古怪乃至拗口的名字呢？只有骡子和马，让我不需费力想象就能有一个十分具体的形象，我在惊讶城市怎么会有以骡马命名的街区的同时，首先感到的是这座神秘城市与我的生存形态的亲近感，骡子和马，便一遍成记。

我第一次走进西安、走进骡马市，那是二十世纪五十年代中期我进城念初中时的事。骡马市离钟楼不远，父亲领我观看了令人目眩的钟楼之后就走进了骡马市。一街两边都是小铺小店小饭馆，卖什么杂货都已无记，也不大在意。我只记得在乡下人口边说得最多的戏园子"三意社"那个门楼。父亲是个戏迷，在那儿徘徊良久，还看了看午场演出的戏牌，终于舍不得掏二毛钱的站票钱，引我坐在旁边一家卖大碗茶的地摊前，花四分钱买了两大碗沙果叶茶水，吃了自家带的馍，走时还继续给我兴致勃勃地说着大名角苏育民主演《滚钉板》时，怎样脱光上衣在倒钉着钉子的木板上翻身打滚，吓得我毛骨悚然。

还有关于骡马市的一次记忆，说来有点惊心动魄。史称"三年困难时期"之后的第一年，即一九六三年冬天，我已是乡村小学教师，期考完毕，工会犒赏教师，到西安做一天一夜旅行。头天后晌坐公交车进城，在骡马市"三意社"看一场秦腔，仍然是最便宜的站票。夜里住骡马市口的西安最豪华的西北旅社，洗一次澡，第二天参观两个景点，吃一碗羊肉泡馍，大家就充分感受了作为人民教师的光荣和享受了。唯一令我不愉快乃至惊心动魄的记忆发生在次日早晨，走出西北旅社，走到骡马市口，有一个人推着人力车载着用棉布包裹保温的大号铁锅，叫卖甑糕。数九天的清早，街上只有零星的人走动。我已经闻到那铁锅弥漫到空气里的甑糕的香气儿，那是被激活了的久违的极其美好的味觉记忆。我的腿就停住了，几乎同时就下定决心，吃甑糕，哪怕日后挨一顿饿也在所不惜。我交了钱，也交了粮票。主人用一个精巧灿亮的小切刀——切甑糕的专用刀——很熟练地动作起来，小切刀在他手里像是在做舞蹈动作，一刀从锅边切下一片，一刀从锅心削下一片，一刀切下来糯米，又一刀刮来紫色的枣泥，全都叠加堆积在一张花斑的苇叶上。他一手交给我的同时，另一只手送上来筷子。我刚刚把包着甑糕的苇叶接到手中，尚未动筷子，满嘴里都渗出口水来。正当此时，啪的一声，我尚弄不清发生了什么，苇叶上的甑糕不见了，眼见一个半大孩子双手掬着甑糕窜逃而去。我吓得腿都软了，才想到刚才那一瞬间那孩子做的迅捷动作，他一只手从苇叶刮过去，另一只手就接住了刮下来的甑糕。动作之熟练之准确之干净利索，非久练不能做到。我把刚接到手的筷子还给主人，把那张苇叶也交给他回收，谢绝了卖主要我再买一份的好意，离开了。卖主毫不惊奇，大约早已司空见惯。关于"三年困难"的诸多至今依然不泯的生活记忆里，吃甑糕的这一幕尤为鲜活。

朋友李建宁把一册装潢精美的《骡马市商业步行街图像》给我打开，看着主街、次街、内街、外街、回廊街漂亮的景观，一座座既具有汉唐风韵又兼欧美风味的建筑，令我耳目一新，心旷神怡，心向往之。这勾起我对骡马市的点滴记忆属人之常情，也自然免不了产生一些世事变迁、生活演进、文明进步等阅历性的感动和感慨了。

西安在变。其速度和规模虽然比不得沿海经济大市，然而西安确实在变化，愈变愈美，一条大街一条小巷，老城区与新开发区，老建筑物的修复和新建筑群的崛起，一行花树一块草皮一种新颖的街灯，都使这座和这个民族古老文明血脉相承的城市逐渐呈现出独有的风姿。骡马市几乎是脱胎换骨的变化，是古老西安从汉唐承继下来的无数街区坊巷变化的一个缩影，自然无须赘述。我最感动的是这个名字，从明朝形成延续到清，都在繁荣着以骡马交易的特殊街坊，把农业文明时代的城市和乡村的脐带式关系，以一个骡马市融会贯通了。

　　无论西安日后会靓丽到何种状态，无论这个骡马市靓丽到何种形态，只要保存这个名字，就保存了一种历史的意蕴，一种历史演进过程中独有的风情和韵味，而没有谁会较真儿，真要牵出一头骡子或一匹马来。

读与思

　　听到骡马市这个名字，你想到了怎样的情景？山乡村野，还是城镇集市？这些都不对，骡马市位于西安市市中心，曾经是最繁华的商业街区，人流如织，热闹非凡。而今，这里高楼林立，但却冷清了不少。不过，它却是西安人永远的记忆。除了骡马市，老西安还有很多有意思的街巷——集贤巷、炭市街等都在等着你去探索呢！

群文探究

1. 老西安的每一条街巷都是有故事的。阅读了本组文章,相信你一定深有感触。下面这几条街可能有着怎样的故事呢?你可以先大胆地猜一猜,再查阅资料了解一下。

下马陵　　　　　　　　甜水井

| 我的猜测 | 我的查阅 | 我的猜测 | 我的查阅 |

古迹岭　　　　　　　　索罗巷

| 我的猜测 | 我的查阅 | 我的猜测 | 我的查阅 |

2."泡泡油糕葫芦头，锅盔辣子粉蒸肉。"这些都是西安的美食，这些美食就藏在《吃在西安》这首歌里面。赶快搜一搜，听一听这首歌曲吧！

3.如果你到西安来，会去哪些街巷走一走，感受这座古城的魅力呢？赶快来绘制一下你的"走街串巷"图。

第四章　西安的寺与塔

七层兀突接苍穹，廿八门开面面风。

雁堕塔耸平地起，人惊语在半天中。

如此气势恢宏，这是哪座建筑？对，这就是享誉中外的大雁塔。可以说，西安是一座遍布寺与塔的古城，这些寺与塔记录着这座城市的历史，承载着宗教、美学、哲学等诸多文化元素。可以说每一座寺、每一座塔，都有着自己的传说与故事。

千百年前的盛况，今日不能得见，但是我们可以从众多的寺与塔中窥见一斑，了解西安这座古城千年的沧桑变化。

扫码立领
★ 名师朗读
★ 美文微课
★ 城市印象
★ 老城记忆

名家笔下的**老西安**

过香积寺①

◎［唐］王 维

不知香积寺，数里入云峰。

古木无人径，深山何处钟。

泉声咽危石②，日色冷青松③。

薄暮空潭曲，安禅制毒龙④。

注释

①香积寺：唐代著名寺院，故址在今西安市长安区神禾原上。

②危：高的，陡的。危石，意为高耸的崖石。

③日色冷青松：照在青松上的日色，由于山林幽静，似乎显得阴冷。

④安禅：为佛家术语，指身心安然进入清寂宁静的境界，在这里指佛家思想。毒龙：佛家比喻俗人的邪念妄想，见《涅槃经》："但我住处有一毒龙，其性暴急，恐相危害。"

赏析

题目"过香积寺"中的"过"字，意思是"访问"。诗人并没有直接描写香积寺内的美景，而是通过侧面描写突出了山中古寺的幽深静寂：白云缭绕的山峰、参天的古树、幽深的小径、隐隐的钟声……

"泉声咽危石，日色冷青松"，这两句最为后人称道。溪水在嶙峋的岩石间艰难地绕行，不能欢快地奔流，仿佛发出哀怨的幽咽之声；松林幽深晦暗，即使橘黄色的余晖涂抹在青松上，也不能挽救丝毫，当夕阳沉沉落下，这深林就愈发清冷了。

王维这首诗的前六句都是在写景，却把自己"晚年惟好静"的情趣都融入所描写的景物中去了。这寂静的世界，让诗人从世俗的喧嚣中得以解脱，使他不禁想起了佛门高僧用无边的佛法制服凶猛的毒龙的故事。而这次的古寺之旅，也让诗人的心灵再一次得到了净化，欲望如"毒龙"被制服，内心更加从容平静。

读与思

除了王维的这首《过香积寺》，你还在哪些书籍或者影视作品中听说过"香积寺"这个名字呢？这座历经千年风雨的古刹，早已在中国人的心中留下了或浓或淡的印记。经历过无数战火的香积寺，如今的面貌又如何呢？

慈恩寺上雁塔

◎ [清] 洪亮吉

忆从初地擅名场①,阅劫来游竟渺茫。
韦曲花深愁暮雨,终南山古易斜阳。
高、张、岑、杜诗篇冷②,天宝开元岁月荒。
莫笑众贤③名易朽,塔前杯水已沧桑。

注释

①初地:发迹之地。擅名场:扬名显声的地方。唐时,凡登科进士皆来此题名,称"雁塔题名"。

②高、张、岑、杜:指唐代高适、张祜、岑参、杜甫,这四人都曾有咏雁塔诗。冷:冷落。

③众贤:指高、张、岑、杜等在雁塔题诗的人。

第四章 西安的寺与塔

赏析

　　大雁塔，这座始建于唐代的阁楼式砖塔，现坐落在西安市雁塔区的大慈恩寺内，所以又称大慈恩寺塔。它是唐朝皇帝为存放玄奘法师从印度带回的经书、佛像而修建。后来，唐朝的学子们更是将"雁塔题名"作为自己发迹扬名的标志性起点。但是，随着时代的变化发展和政治经济中心的迁移，到了清代，西安的盛世景象就难以再现了。那些声名远播的诗人，也随着唐朝开元盛世的繁荣一起消逝了。当作者来到大雁塔下，看到眼前的雁塔衰败不堪，联想起那些历史上的繁华与荣光，不免发出感慨：物换星移，无论是名人还是普通人，都是这茫茫尘世间的匆匆过客，任谁也无法留住时间，留住繁华。

读与思

　　大雁塔在唐代学子的心目中，有着至高无上的地位。凡是在唐朝的科举考试中高中的进士，都要在大雁塔前的墙壁上题上自己的名字。这些人中若有人日后做到了卿相，还要将姓名改为朱笔书写。在雁塔题名的人当中，最出名的要算是白居易了。他27岁一举中第，按捺不住喜悦的心情，写下了"慈恩塔下题名处，十七人中最少年"的诗句。

　　如今走在大雁塔的广场上，你仍旧能在那些刻在灯柱上的诗歌中，和作者洪亮吉一样，寻得"高、张、岑、杜"的点滴足迹。

畅游大兴善寺随想

◎张启忠

也许是生命的机缘吧,刚刚读完大唐的历史,我便有机会来到西安。作为十三朝古都,也作为中国历史上最强盛时代的见证,西安寺院众多。而大兴善寺久负盛名,历史上曾有过作为皇家寺院的鼎盛与辉煌。工作之余,我慕名前去寻访。

曾以为大兴善寺一定坐落在西安市的边缘。谁知,刚刚与大雁塔广场擦肩,穿过熙熙攘攘的小寨地区街道,便看到大兴善寺高大的山门。大雪初霁,与繁华毗邻的大兴善寺,依然寂静寥落。

进入大兴善寺的山门,历经岁月沧桑的钟楼呈现在眼前,阵阵香火的味道糅合着丝丝水汽扑鼻而来。走到天王殿,大门上挂着一幅黄色门帘。时值午后,周围几乎没有游人、香客的身影,挑帘进入,天王塑像巍然而立,给人以威严静穆之感。走出门去,仔细打量这座古旧大殿,貌似农家堂屋式样,里面却是佛门净地。门帘相隔,给人以踏进净地之感,也让人不由得思考如何了断凡间杂绪。

天王殿背后是古木森森、香火缭绕的大雄宝殿,一位须发苍苍的僧人正与一位居士模样的中年人轻声交谈。古木、大殿、老人,到处是生命的深沉与浩远,几步之遥的市井繁杂已经相隔遥遥。

思忖之余,闲庭信步,转过大雄宝殿,本以为还会看到一座

第四章　西安的寺与塔

古老建筑。不料，眼前竟然是鲜亮的两排高大殿堂，一看便知是新近落成。古刹中的新建筑，让人耳目一新。精彩的彩绘、玲珑的挑檐、灰色的清水脊、大殿之间的翠绿植物、串串融雪而生的晶莹水帘，庄重之中洋溢着一派灵动与生机。右边的大殿前，挂着一块编辑部的牌子。

踏上青石台阶，低头躲着轻快滴落的水珠，沿着大殿的走廊，我朝编辑部的房间走去。也许时值午后，编辑部内悄无声息。轻轻推开门，紧挨着门的右边是一排书柜，遮挡了一部分视线。而正前方的板架上悬挂着一幅照片。我迈进门槛，想走上前仔细看看照片的内容。谁知，刚迈两步，扭头却看见刚才遇到的那位年老僧人，他正坐在沙发上静静看书。我的进入，没有引起他的注意。他依然将书捧在眼前，一个字一个字地轻声阅读。我唯恐打扰这份静谧与专注，蹑手蹑脚走出房间，轻轻关上房门。

下了台阶，继续向寺院深处走去。雪后的阳光和煦依然，自己已浮想联翩。遥想大唐盛世，各大派别各抒己见，好一个智慧璀璨、人才辈出的时代。而后，尽管沧海桑田，尽管难如人愿，脚下这片土地上曾有过的一切，还是沿着时光的路径或多或少地流传了下来。

走了一段路，又看到一个年代久远的院落。院落当中正房是个大殿，大殿旁边是方丈室。房屋油漆斑驳，几株缠绕着老藤的古木，使午后的斜阳稀稀疏疏地洒落着。走进低矮的门，吟唱佛乐的声音在四合院中萦绕。佛乐从一个房间中飘出来，那里有十几位居士正在诵经，神情庄严。清朗的诵经声与佛乐吟唱相互应和，好似一湾潺潺的清澈溪水，将心中残存的烦恼冲刷得干干净净。

大兴善寺，昔年的皇家寺院，今日已隐于闹市，古朴幽静。曾经，它声名煊赫，但是，"福兮，祸之所伏"。文献记载："后值五代，法运中辍，宋元寥寂，僧无闻者。"到了一九二四年，康有为慕名参访，只见一片破壁残垣，不禁感慨："怅惘千房今尽毁，斜阳读偈证真空。"一九八三年，大兴善寺重归僧人管理，千年古寺逐渐重兴。今天，真正面对这座古老的寺院，怀想它交织兴衰荣辱的过往，不由得感叹不已。

（有删节）

第四章　西安的寺与塔

> **读与思**
>
> 　　大兴善寺是隋唐皇家寺院,关于大兴善寺的传说有很多。有一个传说是:和尚院中栽种了四株柏树,夏天分泌黏液,沾到人的衣服上就像油脂,没法洗掉。有一次,一些官员来大兴善寺避暑,因为讨厌柏树的黏液,就建议寺中和尚将柏树砍掉,改种松树。到了傍晚,寺中和尚玩笑着对柏树说:"我种了你三十多年,你却分泌黏液惹人讨厌。如果明年还这样,我一定把你砍掉当柴烧。"从此以后,这里的柏树夏天再也不分泌黏液了。你相信这个传说吗?亲手去触摸一下这里的苍松古柏,没准会有不一样的发现呢!

群文探究

1.除了本章中提到的寺与塔,西安还有哪些寺庙与古塔?查查资料,把它们的名字写出来吧!

名称:_____	名称:_____
建造时间:_____	建造时间:_____
主要特点:	主要特点:

2.大雁塔、小雁塔、华严寺塔,这些塔长得有什么不同呢?用你的画笔把它们画下来吧!

第五章　十三个王朝的背影

南方的才子北方的将，陕西的黄土埋皇上。

西安，作为历史上最繁华的都市，先后有西周、秦、西汉、新莽、东汉、西晋、前赵、前秦、后秦、西魏、北周、隋、唐，共计十三个王朝在此建都。这片土地上，记录着中国历史的文明与强大，无数的先辈们在这里书写着灿烂与辉煌。

历史的车轮滚滚向前，王朝虽已不再，但是长安处处都是这些王朝留下的背影。秦始皇陵兵马俑见证着大秦帝国的雄姿，碑林博物馆里浓缩着几千年的华夏文明。宣武门、下马陵……长安处处有故事，这些故事等待着你细细品读。

扫码立领
★ 名师朗读
★ 美文微课
★ 城市印象
★ 老城记忆

古城墙风景

◎和 谷

每天出入城内，不管择哪一条道走，城门洞总是躲不开的必经之路。因此说，这多年间，我看惯了古城墙的风景。

我憾于不曾登临八达岭的长城，只是在三边与榆林的黄沙原上寻访过边墙的古梦。那雄浑的烽火墩，那沉浮于沙海里的残垣，简直像艰难跋涉着的驼群。其风景，令人感慨万端，悲壮中不乏哀楚之思。

如果说，万里长城乃我五千年文明古国的标志，那么这西安古城墙，何以不属于这个大都市的某种值得珍重的精神！它是这座文化古城的脊梁，帝王之都的一枕悠悠远梦，也可以被视为西安的现实骨骼或者框架。它结构了汉字一般方正的街市，颇有规矩的布局，呈现着稳固的体魄。但时至今日，古城墙又究竟象征着怎样的一层意味？

是啊，古城墙的风景及其内涵，总不易猜得透。它所包容的用黄土、石灰和糯米汁以及血肉混合夯打的层面，像一本难以掀开的坚硬的史书，是足够人们审度和消受的了。

古城墙曾陪伴我度过一个多思而迷茫的秋天。我踽踽蹀躞于残垣上，或仰卧于苍黄的秋草里，感受着它太阳下的风景。老人在欣赏着勾头于蒿莱里的羊只，直到那白色的团块浸入一片霜露中去。而我，是放牧悲凉之诗的书生，一个失落的性灵被萧索的古意所吞没。

古城墙，被这个大都市遗忘了，抑或将它当作碍人手脚的废物却又困惑于无法处置它。秋夜里归去，见得一钩残月坠于护城河的污水里，沿河边是洗涤油垢棉纱和破烂布片的老妪与少女，一声声杂乱的棒槌声便从这儿那儿响起，击打得如泣如诉，似乎在借这捣衣声作歌，撞击着西安的背脊。

我便久久地记住了那城头荒草里的老人与羊只，心的磁带也不可抹去地录下了那城河边的捣衣声，追随历史老人的脚步，窥视着古城墙的生命之光。残垣的裂痕，象征着裂变的历史。在我的幻觉中，似乎有一只黄绒绒的充满活力的小鸡在啄开蛋壳脱颖而出。它仿佛是一个新鲜的太阳，更如同岁月中某种隐形的瑰宝，在孕育着，生长着，给这一块古老的土地以诱惑与希望。

是的，这座于明初在唐长安城的皇城基础上新建筑起来的城墙，不愧是中世纪后期中国历史上最著名的城垣建筑之一，是有过一番好风景的。尽管，此城堡比起规模宏大、豪华壮丽的唐长安城来是要逊色得多了，却依然有它的名胜所在。"汉冢唐塔朱打圈"的俗语，说明朱元璋时代的筑城风气非常盛行。它的构筑与布局，完全围绕于一个防御战略的基点上，四道城门、瓮城、角楼、"马面"以及垛墙上的方孔，无一不是出自防御战争的需要而设置的。历史则无情地淘汰了它的实用价值，将它冠以文物的名义留给了当今时代。

于是它生出绿苔的残梦断魂般的眸子，窥探着岁月流逝的秘密。它怅望这个世纪的特殊年月的人们，是怎么拦腰砍杀它，是怎么剥它的皮、抽它的筋、剜它的肉的。它头顶上荒草的白发便萧瑟一片，而空对余照悲叹秋风了。

长相思，在长安。当今时代的这座都市何曾"天长路远魂飞苦，梦魂不到关山难"！它凭借古城墙触摸着有形的历史，也同样是带着这个沉重的框架走向未来的。也许，有人以为古城墙是一个累赘，曾主张推倒它，填平城河，好造新景。也有人觉得任其自然的好，多一点古风，多一点残缺的美抑或是颓废的美更有意义。有远见卓识的西安的主人们，于二十世纪八十年代初，则终于绘出了一幅宏大而艰窘的修复古城墙的风景画。

这便有了再生的古城墙，城墙上有了元宵的社火灯会，城墙间有了四通八达而八面来风的门洞，有了内外环城路上的林荫与花坛，有了城河上使此岸与彼岸相接的雄奇而典雅的拱桥。历史，古老而崭新了。现实的古都也显得鲜美而富有。它以雄沉厚重的风格、稳重大度的神韵、含蓄多情的灵性，迎迓着远朋嘉宾，倾诉着关于西安这座城市的童话，昨天、今天和明天的梦。

又一度"长安一片月"的意境，我去拜望古城墙，却没有觅到诗中忆念中的捣衣声。城河岸上，有对对情人在缠绵私语，月光的氛围使其如诗如画，可惜少了波光和水声，等黑河里的那一汪清流引来，将是多么好的景致！扭头朝城墙一瞥，夜空下的墙头，又即刻使我陷入异常忧思而神妙的古意中去了。

太空人可以从月球上窥见地球东方的长城，未来人也会在遥远的时空中触摸到西安的这个时代的背脊。尽管古城将淹没于现代高层建筑的海中，但换一个角度，它又显然将一切遮在了背后。它不是战争的屏障了，也不是古玩摆设，更不是时间和空间的隔阂或者枷锁。它应该是什么呢？

我看惯了古城墙的风景，那西城垛的日落与东城垛的日出都好看，古城墙多像"方舟"！

第五章　十三个王朝的背影

读与思

在西安，有一项非常著名的体育赛事，那就是"城马"。这场特殊的马拉松比赛，以西安古城墙为跑道。参赛选手穿行于古朴厚重的城墙上，领略着沿途的古城风韵。只有在西安，才有这样古今交融的感觉。登上城墙，触摸着古老的城砖，你眼前浮现了什么呢？

名家笔下的老西安

华清池怀想

◎赵凌云

透过骊山的云雾，
回望遥远的唐朝，
多少爱恨情仇，
在迷蒙的细雨中缭绕。

走进历史的长廊，
追寻佳人的容貌，
多少柳絮飞花，
在临潼的春天里漫飘。

那倾城一笑，
不知在何处寻找？
在干涸的浴池里，
我把流传的故事打捞。

谁吹响洞箫，
把雁塔风铃轻摇，
在唐诗的情韵里，
我泡上一壶月光醉倒。

第五章　十三个王朝的背影

读与思

关于唐玄宗的历史故事，你了解多少呢？读一读白居易的《长恨歌》，上网搜一搜有关唐玄宗的历史故事。想着那熟悉的故事，或许你会有不一样的收获。

51

阿房宫赋

◎ [唐] 杜 牧

　　六王毕，四海一，蜀山兀，阿房出。覆压三百余里，隔离天日。骊山北构而西折，直走咸阳。二川溶溶，流入宫墙。五步一楼，十步一阁；廊腰缦回，檐牙高啄；各抱地势，钩心斗角。盘盘焉，囷囷焉，蜂房水涡，矗不知其几千万落。长桥卧波，未云何龙？复道行空，不霁何虹？高低冥迷，不知西东。歌台暖响，春光融融；舞殿冷袖，风雨凄凄。一日之内，一宫之间，而气候不齐。

　　妃嫔媵嫱，王子皇孙，辞楼下殿，辇来于秦。朝歌夜弦，为秦宫人。明星荧荧，开妆镜也；绿云扰扰，梳晓鬟也；渭流涨腻，弃脂水也；烟斜雾横，焚椒兰也。雷霆乍惊，宫车过也；辘辘远听，杳不知其所之也。一肌一容，尽态极妍，缦立远视，而望幸焉。有不得见者，三十六年。燕、赵之收藏，韩、魏之经营，齐、楚之精英，几世几年，剽掠其人，倚叠如山。一旦不能有，输来其间。鼎铛玉石，金块珠砾，弃掷逦迤，秦人视之，亦不甚惜。

　　嗟乎！一人之心，千万人之心也。秦爱纷奢，人亦念其家。奈何取之尽锱铢，用之如泥沙？使负栋之柱，多于南亩之农夫；架梁之椽，多于机上之工女；钉头磷磷，多于在庾之粟粒；瓦缝参差，多于周身之帛缕；直栏横槛，多于九土之城郭；管弦呕哑，多于市人之言语。使天下之人，不敢言而敢怒。独夫之心，

日益骄固。戍卒叫，函谷举，楚人一炬，可怜焦土！

呜呼！灭六国者六国也，非秦也。族秦者秦也，非天下也。嗟乎！使六国各爱其人，则足以拒秦；使秦复爱六国之人，则递三世可至万世而为君，谁得而族灭也？秦人不暇自哀，而后人哀之；后人哀之而不鉴之，亦使后人而复哀后人也。

读与思

杜牧所处的时代，政治腐败，民不聊生，而边疆战乱不断，更是加重了人民的痛苦。大唐盛世一去不回，唐王朝已处于崩溃的边缘。面对这一切，二十三岁的杜牧既愤慨又痛心。他借秦之历史劝谏当时的最高统治者，爱国之心日月可鉴。以史为鉴，可知兴替。今日再读这篇名著，我们依然心绪难平。

群文探究

1.走进玉祥门,我们仿佛能看到冯玉祥将军率领国民联军击败军阀刘镇华,救西安人民于水火的情景;漫步在华清池,我们似乎能体悟到唐玄宗与杨贵妃"此恨绵绵无绝期"的悲凉。西安处处有故事,查阅资料,了解更多的西安古迹,讲述一下它们的故事吧!

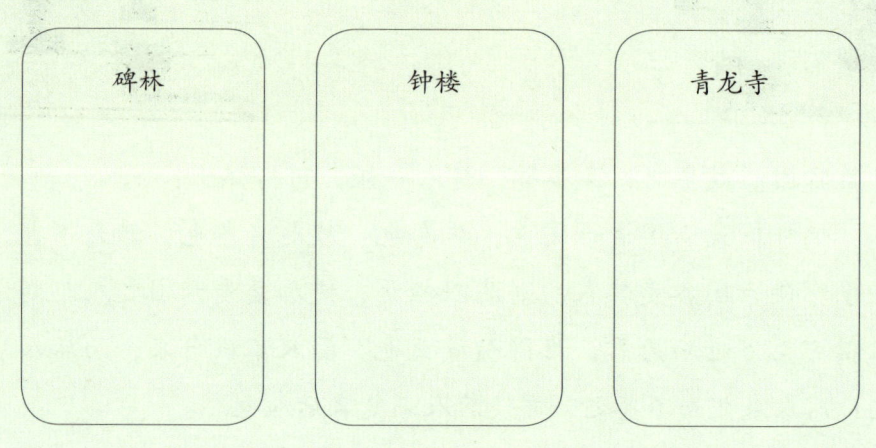

| 碑林 | 钟楼 | 青龙寺 |

2.2009年11月,《西安城墙保护条例》正式颁布实施。此后,每年11月被定为"西安城墙文保亲近月"。你愿意为保护城墙提出自己的建议吗?

我的建议

第六章　民俗西安

要吃锅盔走乾州，要端老碗走耀州。

要穿麻鞋走陇州，要耍皮影走华州。

俗话说，十里不同风，百里不同俗。西安在其几千年的城市发展过程中，形成了自己独特的民俗。

你想知道陕西人过小年为什么要祭灶王爷吗？

你想知道为什么"二月二，龙抬头"要吃豆子吗？

你想听西安娃们嘴里唱的童谣吗？

快快打开本章，开始奇妙的探索之旅吧！

扫码立领
★ 名师朗读
★ 美文微课
★ 城市印象
★ 老城记忆

灶爷的嘴巴

◎吴克敬

关中的大年从腊月二十三就开始了。

约定俗成的做法，在这一天是要祭灶爷的。挨门各户，无论穷家，无论富院，谁都不敢马虎的。记得长辈人请灶爷，比这一天还要早一些日子，有人牵着一只小毛驴到村里来了，带来了木板刻印的灶爷，一张一张地摞在一起，都是经得起烟熏火燎的白色粉纸，印着大红大绿的色彩，约莫看得清一个慈眉善目留着长须的老人，捧在牵驴人的手里，自然有人围来，来请灶爷了。

当时我很奇怪，请灶爷不用纸钞，只用粮食交换。我就见家里的老人与村上其他主持家政的老人，不约而同地端着半升的小麦，在牵驴人的跟前，把小麦倾进一个麻布口袋，自己揭一张灶爷，嘴里念叨着"回来了，灶爷回来了"的话，恭恭敬敬地请回自己的家，等着祭灶这天，把灶房安顿了一年的老灶爷请下来，再把新请回来的灶爷贴上去。

整个仪式被称为祭灶。先由母亲在灶爷的纸背上涂了糨糊，端端正正地贴在灶房的正墙上，再由父亲给灶爷的两边挂对联。那个对联上的句子千家万户一个样，千年万年一个样，是那么两句不变的话：

　　上天言好事，
　　下界保平安。

自然还要挂上横批的，也是终古不变的两个字：如在。

现在看来，祭灶的仪式是潦草的，而安顿灶爷的位置也是潦草的，不像天神、地神，差不多都要砖雕或是木作一个庄重的神龛，把天神、地神像模像样地供奉在其中。灶爷就享受不到这样的尊崇了，这似乎与大家的心性有关。所谓灶爷，就完全地视其为家里的一个白胡子的老人，这便有了十分的温暖和亲近，潦草一些也不会惹得他不高兴。

然而有一道程序是不能少的，也是天神、地神享受不到的。那便是在新请的灶爷嘴巴上，一定要抹上香甜的蜂蜜。

这么做，不是说灶爷的嘴巴馋，而是像挂在他两侧的对联一样，期盼他向上苍多说好话，为人间带来福气。

起小儿，我看着父母祭灶的一举一动，从来没有怀疑这有什么不妥。甚至在父母完成了那些程序走后，我还会站在灶爷的面前，望着袅袅燃烧的纸香，双手合十，抵在额前，虔诚地说出一个自己的祈愿。

我的祈愿很简单，只有一个，就是祈望自己和家人不要饿肚子。

说句实在话，出生在二十世纪五十年代的人，几乎没人幸免，大都是饿过肚子的。我想，像我一样，站在灶爷的面前，祈愿不饿肚子的孩子有很多。但我们的祈愿，不知灶爷听到了没有，总是得不到满足。于是，我竟对慈祥的灶爷产生了一些怨恨。有一次，父母在给新请的灶爷嘴巴上抹了蜂蜜走后，我搬了一把小凳子，站上去，把灶爷嘴巴的蜂蜜擦下来，抹到自己的嘴里吃了。我怀疑吃了蜂蜜的灶爷，只顾了自己的馋嘴，而忘了人间的疾苦。

很不幸，被我剥夺了嘴巴上蜂蜜的灶爷，是我们家在那个时代请的最后一位灶爷。接下来的许多年，村里再没来过牵毛驴以麦兑换灶爷的人，家里就再也没有了灶爷的位置。但是灶房安顿灶爷的地方，还留着一方比别处洁净的墙面。我发现父母双亲，经常还会对着那方墙面，双手合十，抵着额头，做祈祷状。可是，烟熏火燎，一面墙渐渐地就分不出曾经安顿过灶爷的地方了，全都青楚楚成了一个颜色。

没有了灶爷，灶房的锅里比过去更稀了，把肠子饿得像根拧干的绳子。苦作苦盼了一些年，我却有幸走出了村子，走进了繁华的城市，操作起文字来，不见什么大出息，就想着再回村里待上些日子，就又看到各家各户请在厨房里的灶爷。现在的乡村厨房，如乡村人的生活一样，已经有了很大的变化。只说烧的，也由柴火改成了液化气，而吃的变化就更丰富了，细米白面吃腻了，想着法子弄几顿粗粮吃。不过，灶爷的形象没有变，还是原来木板印刷的那一种，红的颜色要红透了，绿的颜色要绿透了，尽显一种富贵的神态。

就在前两日，老家的来人给我也请了一张灶爷，我学着父母当年的样子，敬贴在我西安城家中现代化的厨房里。

读与思

"民以食为天"，关中大年自然是从祭灶神开始的。从以前人们祭灶神的习俗中，你读出了什么？又想到了什么？你的家乡有祭灶神的习俗吗？快来和我们分享一下吧！

过年，家乡圆梦的炮声

◎陈忠实

对于幼年的我来说，最期盼的是尽饱吃纯麦子面儿的馍、包子和用豆腐黄花韭菜肉丁作臊子的臊子面，吃是第一位的。再一个兴奋的高潮是放炮，天上满是星斗，离太阳出来还早得很，那些心性要强的人就争着放响新年第一声炮了。那时候整个村子也没有一只钟表，争放新年第一炮的人坐在热炕头，不时下炕走到院子里观看星斗在天上的位置，据此判断旧年和新年交接的那一刻。

我的父亲尽管手头紧巴，炮买得不多，却是个争放新年早炮的人。我便坐在热炕上等着，竟没了瞌睡。在父亲到院子里观测过三四次天象以后，终于说该放炮了，我便跳下炕来，和他走到冷气沁骨的大门外。看父亲用火纸点燃雷子炮，一抡胳膊把冒着火星的炮甩到空中，发出一声爆响，接连着这种动作和大同小异的响声，我有一种陶醉的欢乐。

父亲已经谢世，我有了一只座钟，不需像父亲那样三番五次到院子里去观测星斗转移，时钟即将指向十二点，我和孩子早已拎着鞭炮和雷子炮站在大门外了。我不知出于何种意向，纯粹是一种感觉，先放鞭炮，连续热烈地爆炸，完全融合在整个村庄鞭炮此起彼伏的声浪中。我的女儿和儿子捂着耳朵在大门口蹦着跳着，比当年我在父亲放炮的时候欢实多了。

我在自家门口放着炮的时候，却感知到一种排山倒海爆炸的

名家笔下的老西安

声浪由灞河对岸传过来,隐隐可以看到空中时现时隐的爆炸的火光。我把孩子送回屋里,便走到场塄边上欣赏远处的炮声,依旧连续着排山倒海的威势,时而奇峰突起,时而群峰拥挤。我的面前是夜幕下的灞河,河那边是属于蓝田县辖的一个挨一个或大或小的村庄。在开阔的天地间,那起伏的炮声洋溢着浓厚深沉的诗意。这是我平生所听到的家乡的最热烈的新年炮声,确实是前所未有。

读与思

无论是过年过节、结婚嫁娶,还是进学升迁、店铺开张,只要是为了表示喜庆,人们都习惯以放鞭炮来庆祝。这个习俗在我国已有两千五百多年的历史了。《荆楚岁时记》曾经这样记载,正月初一,鸡叫头一遍时,大家就纷纷起床,在自家院子里放爆竹来吓退瘟神。现在,为了保护环境,很多城市都颁布了"禁放令"。鞭炮,也慢慢地淡出了人们的生活。

龙抬头，炒豆豆

◎宗鸣安

俗谚云："二月二，龙抬头，农人锄地要耕牛。"农历的二月二，一般都在惊蛰的前后几日。这时候已至仲春时分，万物复苏，农民也就要下地耕种了。有一首民歌这样唱道："二月里来好春光，家家户户种田忙。"长安旧俗，二月二这天一定要炒豆子吃。黑豆、黄豆、玉米都可以炒来吃。前人认为炒豆子的阳气重，正合春意盎然的时节，也预示着生命萌动之意。另外吃豆子时发出的"咯吧咯吧"的响声，也有惊动冬眠之龙使之腾飞的意思。二月二的风俗似乎多与龙有关联。古代的时候，二月二一早人们就会用个竹筛子，里面放些白石灰，围着住宅一边走一边筛，让白石灰撒在住宅墙边，这种习俗谓之围龙。也有人把这种石灰围宅的做法称为围蚰蜒（旧时长安地区把蚯蚓称作蚰蜒）。长安地区还有人用白灰在墙外绕了一圈后把白灰线引入宅内，又在厨房的水缸边绕一圈，称为引龙回。龙是要住在水里的，如果家中的水缸里住着龙，那可是要风调雨顺、事事如意了。人们对龙的崇拜在中国有着悠久的历史，它是神与灵的化身。汉代许慎在《说文解字》中对"龙"字这样解释："鳞虫之长。能幽能明，能细能巨，能短能长，春分登天，秋分而潜渊。"可见能短能长的龙也有可能在水缸里居住。当然这一天还要禁止妇女做针线活，因为这天是龙抬头的日子，龙到处都有，不定在哪儿抬头，妇女拿着针干活，手抬得高些说不定就把龙的眼睛给扎到了，所以要禁止干针线活。

在长安城中生活了几辈人，经过了无数个二月二，龙没见过一条，各种豆豆倒吃了不少。早些时候，到了二月，人们都是在家里炒制各种豆子。黑豆、黄豆倒还容易炒熟，唯有苞谷豆难炒，炒过了就会焦煳，炒轻了又咬不动，硌牙。不像现在有一种苞谷豆放到锅里一炒就开花了，过去的苞谷豆是轻易不会开花的。幸亏后来不知谁发明了爆米花机，爆米花机"轰隆"一声巨响，给老百姓带来了节日的快乐。经过爆米花机爆出的豆子、大米又酥又脆又香，特别是爆出的苞谷豆，那种口感是在任何锅台上都炒不出来的。几十年前，挑着爆米花机游走街巷的人时时都能看到，特别是到了冬季，大街小巷里爆米花的特别多。一个小煤炉子，两边支有铁棍儿做成的支架，一个长约六十厘米，形似炸弹一样的圆筒状铁锅（或者是像葫芦形）。圆筒锅尾部有个封盖，上有一长柄用来开启封盖，以便倒进倒出豆子之类。盖子突出来一截指头粗的铁轴，用来支撑在架子上，桶锅的头部安有转盘，转盘上有一个气压表和一个能转动的手柄，桶锅架在小煤炉上只有靠这个手柄转动，锅内豆子之类才能翻转滚动受热均匀。气压表是用以掌握桶锅内气压变化的。起初，我们不懂爆米花机的原理，以为爆一锅豆子要看时间来决定，以为那个气压表是时钟呢，时间到了就出锅。后来才知道，把锅慢慢转动，当锅加热后，里面的豆子之类的蒸发水分就会产生气压，气压达到一定程度才可以开锅。开锅时要把桶锅移到另一个设备里，就是一个盛放爆出来的豆子、米花的长袋子。长袋子有一米五长，头部用铁丝编成网状，口沿上缝有橡胶皮子，像是汽车的废轮胎做的。而长袋子的尾部则是用两层白洋布做成的，因为整天在地上拖来拖

第六章 民俗西安

去，长袋子后边的颜色基本上都成黑色的了。自我记事起至今几十年，我从来没见过爆米花袋子原本的颜色是什么样的。开锅时，将桶锅从火炉上移开，将尾部套进长袋子的口上。尾部盖上突出的柄则要从长袋口沿上一个小洞穿出。这时，用一截钢管套在尾部突出的柄上，用脚使劲儿一踩，"通"的一声，圆桶锅的豆子就蹦进了长袋子。长袋后面是用带子扎起的，出锅后解开袋子将豆子倒进盆里就行了。倒进去半碗豆子，爆出来却成了大半盆，要是苞谷豆，那就爆得更多。

用爆米花机爆豆子尽管有它的好处和快乐，但要说到应节的趣味和口感纯香，还是那家里炒的面豆。普通的面豆就是将小麦面粉加适当的盐、茴香水和好，面要和得稍硬。然后擀成一厘米厚的饼子，再用刀切成长、宽、高各一厘米大小的方块，放进锅里用微火炒，十来分钟后面豆泛黄即可出锅了。炒面豆千万不能火大或时间长，一旦炒焦就苦得不能吃了。小时候，每到二月二，乡间亲戚总要送些面豆来。乡间的面豆除了味道香外，总觉得要比我们家所炒的面豆要酥、要蓬松许多。我们家炒的面豆基本上保持了方块形，而乡间送来的面豆像个小圆球。难道他们把面饼切好后放进爆米花机爆了不成？不会吧！我至今没弄明白他们用的是什么材料，怎么炒出的这种味道。

> **读与思**
>
> 　　作者宗鸣安是一个土生土长的西安人，他在西安度过了童年、少年以至青年。他笔下的西安真实且充满了童真童趣。你的家乡在"二月二"这一天要做什么呢？像宗先生一样把这些习俗写下来吧！

撞干大

◎鹤 坪

在老西安，有撞干大的旧俗。城里人都说孩子有了干大好抓养。大是西安人对父亲的称呼。干大就是干爸、干爹的意思。"撞干大"就是给孩子撞来的干爹、干爸。

老西安人讲究：姑表亲、辈辈亲，打断骨头连着筋。干大算是姑表亲还是舅表亲？没有人计较。城里人不论贫富贵贱对干大都亲着哩，逢年过节少不了提着电光纸的点心匣子去干大家走动；干大不论贫富贵贱也都有在年节上给干儿、干女送枣糕的讲究。干大在干儿干女家坐高背椅子，和干儿干女的亲娘老子同起同坐。干儿差不多都是和干大的亲儿亲女一起长大的，进了门该叫姐的叫姐，该叫哥的叫哥，亲近得真赛似一家人。还有无儿无女的孤老头子被儿女满堂的人家撞了干大的，这下好了，孤老头子有人给他扶棺、披孝、摔丧盆子了，再没人敢喊他"绝户头"了。干大是做官的，干儿虽说出身寒门，但终究有了念想和靠头。干大是拧绳的，干女虽说是出身豪门，但在商街草市上终究多了歇脚、喝茶的地方。天底下的事情犯邪，干儿干女的相貌十有八九都酷似干大干娘，从行走坐卧到吃穿讲究，越长越像，越看越像，直至分不清是干亲还是奶亲！

撞干大讲究随缘，撞谁是谁，不能嫌贫爱富，更不能挑肥拣瘦。这是月娃子命星里面应该有的一门亲眷，是人老几辈的修行。

等到孩子百日将近，亲戚和邻居大娘这就说话了："天不怕、地不怕，就怕俺娃没干大；撞个飞京走口的，撞个提笼架鸟的！"孩子爹娘这就说话了："咱西安有撞干大这俗真好，给娃多了一次'抓阄'的机会。"

南院门街上有一家铁匠铺，铁匠姓赵，脸黑，张飞似的，人称黑老二。头年娶了城北马旗寨吆车把式的大脚片子姑娘，不等把炕沿暖热，新娘子的肚子就揣上了。怀胎十月，一朝分娩，黑老二喊了收生婆子，又请了鞋铺的肖家婆娘搂腰，顺顺溜溜地生下了红活圆实的一个大胖小子。黑老二喜得逢人便说："这一下有人给我掌钎了！我抡锤，俺儿掌钎，俺婆娘把风箱杆子扯得呼啦啦响，多美的日子。"

大脚婆娘在里屋说话了："俺儿要识文断字，不打铁。"

黑老二一手掌钎，一手抡锤，把一疙瘩通红的毛铁锻打得叮咣叮咣地响。黑老二扯着嗓子对里屋说："有苗不愁长，咱娃命里有，说不定能撞上个腰缠万贯的干大大。"

撞干大，绝不是攀龙附凤，只是父精母血凝成的"人往高处走，水往低处流"的祖祖辈辈相沿成习的改命愿望！穷人给娃撞干大，只想着娃在孤家裂口的时候，能多个"靠头"（可以信赖和投靠的人家）；富家给娃撞干大，只图个"人丁兴旺"，将来好孝子三百。

到了百日这天，一大早黑老二就张罗着让婆娘抱着娃出门撞干大。婆娘噘着嘴嘟囔："街上游走的不是讨口吃的就是穷货郎，不是刁蛮老总就是火线上下来的伤兵，我不去！我要给俺娃撞个能供给俺娃识文断字的干大大。"

夜很黑，黑老二和婆娘给娃穿得衣帽两新，再把栽线斗篷给娃披上，这就锁了铁匠铺的门往关岳庙走。没有狗叫，也没有碰到耍蛮使霸的苦讨，街面上静极了。小两口抱着娃走了两条街都没有碰到一个人影。走过马坊门牌楼，迎面走过来一挂绿呢小轿。抬轿的杠花子一边麻溜地赶脚，一边吆喝着："前头走来夫妻俩，怀里还挟着个金疙瘩！"

坐在轿子里的老爷说话了："搭个话，问有啥难场哩。"

黑老二慌手毛脚地拦住了绿呢小轿。黑老二抄着手，冲着杠头嘿嘿笑。黑老二家婆娘眼尖，她看出这是四府街赵家的轿子。四府街赵家是西安城的名门望族，老爷是做官的，南院门街上还盘有买卖。黑老二婆娘怀里的奶娃子哦儿哦儿地哭。黑老二婆娘麻麻着声音说话了："月娃子哭，干大大到，坐轿的主儿家是谁？快出来认你干儿。"你听她这口气，简直就像命令！

赵家老爷掀开轿帘，借着月光，赵家老爷认出了黑老二。赵家老爷哈哈大笑，说："黑寸老二，赶紧把咱娃挟回去，明天头晌我跟太太来字号上给咱娃拴长命锁！一笔写不出两个赵，这个干儿我认下了！"

第二天，太阳刚刚下窗台，赵家老爷领着太太进了黑老二的铁匠铺。赵家老爷给干儿脖子上挂了银项圈，太太还拿胭脂给干儿的额头上点了一个猩红的魁星。赵老爷问黑老二："给咱娃把名字起了吗？"

黑老二的婆娘嘴快："我和黑老二都是睁眼瞎子，就等着娃他干大给娃起名字哩！"

赵老爷虽说是城绅，但对草棚匠作的寒门干儿却视同己出，他说："屋里他哥叫大喜，俺娃就叫小喜！"

赵家太太对黑老二婆娘嘀嘀咕咕地说："妹子，两家人都姓赵，咱大喜和小喜走到一起，只怕赛似个亲兄弟！"

赵老爷和太太隔三岔五领着大喜到铁匠铺来看干儿。大喜和小喜在门外玩尿泥，赵老爷和太太看黑老二两口子打铁，黑老二抡锤，他的婆娘掌钎，叮咣叮咣叮咣叮咣。

解放了，四府街赵家被划定为资本家，铁匠铺黑老二划定为小业主。两家的走动没有因为成分的高低悬殊而终止。一九六二年钢厂招工，大喜和小喜都穿上工装做了炉前工，两人都姓赵，工友们好生纳闷："两人就像一套模具浇铸出来的，别是一对孪生兄弟？"

哪儿呀，人家大喜和小喜的亲娘老子是知心换命的拜把子兄弟！

（有删节）

读与思

就像是冯骥才笔下的天津味道，鹤坪的文字也有股子味道——历史的味道，民间的味道，陕西的味道。读了这篇《撞干大》，你是否对陕西民俗产生了更多的兴趣呢？那就快去读一读鹤坪的著作《俗门俗事》吧。

老西安的童谣、吆喝声

◎朱文杰

说起二十世纪六十年代西安老街巷中卖东西的吆喝，还真是五花八门、丰富多彩。这些吆喝不但富有时代色彩，还是古城一种独有的民俗文化的反映。如今回想起来，酸甜苦辣咸，五味俱全，还真是令人难忘。

有点意思的如：那时每家院子都有井，经常有把桶掉进井的事发生。于是，捞桶的职业就产生了。只见一个汉子，肩上扛一竹竿，挂着钩子，边走边吆喝，先是："捞桶来！谁家把桶掉井里咧？"第二遍就说反语，来逗人笑、惹人注意，吆喝成："捞桶来！捞井来！谁家把井掉到桶里去咧？"捞桶的姓王，就住在含光里和四知村之间的土崖上挖的窑洞里。他有个儿子，好像和我们年龄差不多。

说起吆喝，当年有一个高个麻脸卖杂货的盲人，他走街串巷时这样吆喝："洋碱香胰子，卖木梳卖篦子，人丹宝丹八卦丹，万金油来十灵丹，谁要呢来谁言传。"我对门十二号院子王家的王瑛姐小时爱看卖杂货的给人卖东西时算账找钱的过程。她给我说："卖杂货的这位盲人爱穿一双长袜子，大小钱分别放在袜子上下缝了四个小口袋的地方，动作利索，眼睛虽然看不着，但绝不会放错地方，收钱找钱分文不差。"

最吸引小孩子的，一是卖镜糕的，一寸大小圆形小笼小屉，放上糯米、白糖、青红丝、核桃仁等，在小火炉上蒸。蒸好后用一小竹片扎起，小圆镜样的一种甜点吃食，所以叫镜糕。又好看又好吃，吆喝声就俩字，短而促："镜糕！"

二是棉花糖，把白糖化成水，经加热后，利用气压喷吐出一团团棉花丝絮状的东西，一根小竹签一搅绕，就成了一大疙瘩，这就叫棉花糖。其膨化过程甚为神奇，吃时膨松，入口即化，感觉妙不可言。

二十世纪六十年代，每当元旦、春节来临之际，就有骑三轮车沿街卖年画、年历等的，我仅记得这样几句吆喝："一张年画一毛钱，贴到墙上看一年。"还有："李铁梅，举红灯，下边站咧个红卫兵。""不出门，能看戏，陈妙华的《三滴血》，肖玉玲的《火焰驹》。"这些顺口编的吆喝，都十分生动精彩。说到《火焰驹》，当年我们唱的儿歌中也有："锵，锵，喊锵喊，城隍庙里看大戏。八点半的《火焰驹》，谁有钱，谁看去，谁没钱，赶紧回家睡觉去。"

夏天卖西瓜的吆喝也特有味气："沙瓤的西瓜切开咧，红沙瓤的赛冰糖，黄沙瓤的赛蜂糖耶。"开头的"西瓜切开咧"，吆喝得和唱一样，一字一顿，很恢宏的感觉。尤其三伏天酷热难耐时，听了爽快，一股甜丝丝的凉气，直冲喉咙眼，让你满嘴生津。而冬天买甑糕、枣沫糊、油茶的吆喝则强调："甑糕热的，来咧呀！掏钱不多，吃个煎火。"煎火就是烫，尤其数九严寒天，由不得上前要上一碗暖个胃。

还有，有时卖货的随口唱小调招揽生意，什么"要吃锅盔走乾州，要端老碗走耀州，要穿麻鞋走陇州，要耍皮影走华州"，听了让人增长见识。

第六章　民俗西安

如今，这些老西安叫卖的吆喝声和童谣，已随着历史逐渐地消失了。可能，它们只在我们的梦中，依然残存于某一个隐秘的角落。如果一个人老了的时候，能够陡然间听到儿时记忆中的吆喝声和童谣，那对他心灵的冲击，无疑是有着强烈无比的震撼。

读与思

读完这篇文章，小朋友们能想象出20世纪60年代西安街巷的生活吗？童谣和吆喝声里的民俗文化现在还有吗？快跟家中的长辈聊一聊，听他们讲讲过去的故事。

名家笔下的老西安

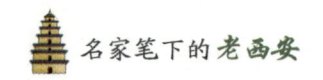

童谣两首

◎宗鸣安

咪咪猫

咪咪猫，上高窑①。金蹄蹄，银爪爪，妹妹起来拜嫂嫂。嫂嫂拉的花花狗，咬了妹妹小小手。妹妹哭得不吃饭，嫂嫂背上满院转。妹妹妹妹你不哭，咱妈咱爸回来给你割肉煎豆腐。你的多我的少，咱俩到旮旯窝里可从舀②，舀出胡桃舀出枣。

注释

①上高窑：旧时，关中地区的房屋内多修制有一小龛，俗称"窑窝儿"。"窑窝儿"一般建在一人高以上的地方，多数是为了放置杂物、食物等。而建在稍低处的，则是为了放置照明用的油灯。此处所言的"高窑"，里面一定放有食物，所以，才惹得小猫要经常往上爬，而爬上去又不好下来，故常常犯窘。

②旮旯窝里可从舀："旮旯窝"，关中方言中指无人的角落处或拐角等背地。"可从舀"，即言"再重舀"。关中方言将"重新""重来一次"的"重"读如"从"。表示"再一次"的意义时，使用"可"字，与使用"再"字意同，如"可来""可吃"，意为"再来""再吃"。

做针线[1]

我的姐,做针线。弹的花,虚蕃蕃[2]。搓的捻[3],明闪闪。纺的线,细然然。织的布,平展展。钢刀剪,钢针连。他说道:"这个布衫怪难穿。"

注释

[1]这里所说的"做针线",即"针线活"。指做衣物所包含的弹花、纺线、织布、剪裁、缝制等一系列工序。

[2]虚蕃蕃:关中方言形容弹出的棉花中间很虚,很松软。其他中间松软的如被子、坐垫等都可形容为"虚蕃蕃"。"蕃蕃"是形容"虚"的程度很高,平时说成"虚蕃"就行。

[3]搓的捻:"捻"原意是用手"搓"。此处则是指用手搓成的线绳子。乡间多用此线来纳鞋底,今则一律称为"线绳"。爆竹的火药引线也被称为"捻子",因为它是线绳状的。

读与思

你想听一听陕西小朋友口中的这些童谣吗?那就扫一扫下面的二维码,试着学一学吧!

群文探究

1.吆喝不仅是广告，更是一种记忆，一种口述的历史。采访一下身边的老人，让他们回忆一下自己童年的吆喝声以及童谣，把它们记录下来，让我们每个人都做一位文化传承人。

> 我的资料袋
>
>
>
> 传承人：

2.读了本章的童谣，你有什么发现吗？陕西话中有很多叠词，比如说，竹篮叫"筐筐"，水瓢叫"舀舀"，勺子叫"挖挖"，茶杯叫"缸缸"……你家乡的方言里有这样的特点吗？把你收集到的有意思的方言记录下来吧！

> 我搜集的方言：
>
>
>
> 我的发现：

第七章　吃在西安

　　西安人的城墙下是西安人的火车

　　西安人不管到哪都不能不吃泡馍

　　西安大厦高楼是连得一座一座

　　在西安人的心中这是西安人的歌

　　火遍中国的这首《西安人的歌》里唱道："西安人不管到哪都不能不吃泡馍。"如果你对西安小吃的认识仅仅停留在泡馍的话，那你会错失很多三秦美味。

　　出了几天远门的西安人，回到西安，一定要来一份"三秦套餐"——凉皮、肉夹馍、冰峰。更别说那甑糕、凉粉、灌汤包、洋芋擦擦……每一样都让人垂涎欲滴。

扫码立领
★ 名师朗读
★ 美文微课
★ 城市印象
★ 老城记忆

蒸凉皮：夏天记忆中"家"的味道

◎鹿 儿

一到夏天，让人心生念想、最惦记的一定是凉皮。西安人对凉皮有一种特殊的感情。如果给喜欢的名吃排名，凉皮一定是美食榜第一名。西安凉皮有四大流派，秦镇米面凉皮、岐山擀面皮、汉中热面皮和回民麻酱酿皮。即使天天不重样地吃，也不会觉得腻烦，反而有过足嘴瘾的畅快感。

作为土生土长的西安人，我童年吃到的第一碗凉皮并不是这四大名派的凉皮，而是妈妈用两个凉皮锣锣蒸的面皮。

我记得那时厂里家属区都是三层高的苏式小楼，两家一个单元。我们家是西晒，又是楼顶，一到下午整个屋子都晒透了，有种热得喘不上气的感觉。对吃晚餐，我们总是打不起精神，也提不起胃口。有一天我妈买了两个凉皮锣锣回来，说要给我们蒸凉皮。我从来没吃过凉皮，很好奇，就在旁边看。只见我妈麻利地把面舀到盆里，加一点盐，再一点一点往里加水，面糊用勺子搅拌到无颗粒，可以慢慢流动，静置半个小时。黄瓜切掉两头，中间切丝，两头的黄瓜在这时可以派上大用场，蘸了菜油，在锣锣里均匀地刷层薄薄的油，舀一勺面糊平摊在锅里。提前烧一锅开水，把摊好面糊的凉皮锣锣放入热水锅，大火蒸几分钟，看见凉皮表面冒大泡就是蒸熟了。为防烫手，一般用筷子穿进凉皮锣锣两边的拉环，把锣锣从锅里取出，放到提前备好的装有凉水的大盆里。另一个锣锣入锅，交替使用。待凉皮冷却，就可以放在案板上切成自己喜欢的宽度，加入切好的黄瓜丝、蒜水、醋、酱油、盐、芝麻酱，还有红红的辣椒油调味，一碗美味的凉皮就做好了。

自此凉皮就成为夏天拯救我们味蕾的新宠。

我自从和我妈学会蒸凉皮后，把这当成了一件好玩又可以帮家里分担家务的美事。有一段时间，每天一放学，放下书包，我就会钻进厨房，穿着我妈的围裙，仿效她蒸出一张又一张凉皮。

有一天学校的老师来家访，刚好看见我在厨房蒸凉皮。我也热情，给两个家访的老师一人调了一碗我做的凉皮。老师一边津津有味地吃着，一边夸我。我虽然有些不好意思，可内心还是有些自我膨胀的小虚荣。尤其当家访的老师在班主任和我妈面前表扬了我后，我蒸凉皮更起劲了。直到有一天我妈忍不住开口请求我不要蒸凉皮了，她说凉皮好吃也不能天天吃，可以换换晚餐的

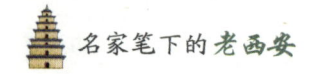

花样。

我的热情一下子降到零点,成家之前再也没有蒸过凉皮。

成家之后,我开始自己做饭。有了女儿之后,我更是对研究菜谱颇为上心。我一直觉得厨房是一个传递爱和温度的地方。

有一年夏天,在家附近的一个小杂货铺,忽然看见有卖蒸凉皮的锣锣。童年蒸凉皮的记忆再次重现,我买了两个锣锣回家。试着回忆以前蒸凉皮的步骤。我以为时隔多年我会忘了做法,可它就像储存在记忆里的一个文件,虽然久不打开,可一操作,熟悉的技法又出现了。看见一张张蒸好的凉皮,欢欣愉悦的感觉又重新回到我的身上。

蒸最后一张凉皮时,剩下的面糊是一张半凉皮的量。我图省事,把它们都放在了锣锣里。被热出一身汗的我,趁机到空调房歇两分钟。我常常觉得厨房是考验一个人爱的深度最直接的地方。尤其是夏天,它是整个屋子温度最高的地方,没有任何纳凉措施。全凭对家人的爱,人才能耐住内心的委屈和难忍的燥热,把感情通过食物传递出来。

每一个夏天待在厨房里做饭的妈妈都是极不容易的,这要等你自己成为妈妈,做了"煮妇"后才知道。

和女儿在屋里凉快一会儿后,我们又来到厨房。我打开锅,准备取最后一张凉皮时,忽然笑喷了。原来,因为最后一张面糊放得太多,它直接和锣锣一起沉到锅底。真是什么事情都得适度适量,越不花心力想急速做成的事情越容易失败。

后来有朋友来家里,我给她蒸凉皮,她眼里满是重温童年记忆的怀旧感和羡慕。我告诉她蒸凉皮的方法其实很简单,还带她去了那家杂货铺买了凉皮锣锣。有了这个秘密武器,想吃凉皮的时候就可以自己做了。我们说到这里,她忽然给她异地的朋友打了一个电话,说准备再买两个锣锣给她快递过去,这样以后想家想西安时,可以自己在家蒸凉皮。对于身在异乡的人来说,凉皮是乡愁,是想家的理由,是借由味道让人放下在外打拼的艰辛,给亲人打个电话的甜蜜借口。

对于西安人来说,蒸凉皮是夏天记忆中"家"的味道。时光是回不去的过去,食物可以永远留住光阴,留住记忆,留住爱。

读与思

在西安,凉皮可蒸可炒,一道简单的面食,在西安人的巧手与无穷的想象中,变化着它的身姿。在作家的笔下,凉皮不仅仅是一种可口的食物,更是承载着童年记忆与乡愁的美好回忆。在每一个人的记忆深处,一定都有这样一道割舍不去的"家肴"。

关中搅团

◎钱国宏

东北有道农家地道美食叫作"疙瘩汤",即把沸水烫成疙瘩的面剂子拨拉到热水锅中煮熟。关中地区有道美食叫作"搅团",与东北的"疙瘩汤"有异曲同工之妙。

关中产麦,所以人们对面食很是看重,也开发出了许许多多的面食,"搅团"便是其一。"搅团"是一种通过搅打使面粉成熟凝固为团的一种美食,按照关中人的说法就是"用杂面搅成的糨糊"。在关中地区,搅团非常普遍,可以说是"人人皆吃、户户皆做",可谓是具有代表性的西北乡土美食。

玉米面和白面是做搅团的主力军。"搅团",顾名思义,突出一个"搅"字。当地民间有句俗语:"搅团要好,搅上三百六十搅。"看过做搅团的人,都觉得那是一项力气活和技术活:烧一大锅沸水,两个人站在锅边,一人往锅里均匀地撒面,一人用棍子或铁勺不停地在锅中用力地朝一个方向搅,边撒边搅,边搅边撒,逐渐使锅内的面糊搅成一个巨大的漩涡,这个漩涡匀称、晶亮、细腻,呈稠糊状,这就是"搅团"的雏形。搅面糊是要气力的,所以我在关中看到的搅团者均是棒小伙,因为妇女腕力不够,面团搅不动、搅不匀,影响搅团的质量。但就是棒小伙搅面,做成一个搅团,也要累出一身汗。也有一些家庭是男女搭配或全家上阵的,那场面非常"唯美":夫妻两人站在热气腾腾的锅边,一边搅面,一面撒面,面粉在空中纷纷扬扬,如雪花飘落；搅面的人挥动长棍在锅中画着优美的弧线，两人配合娴熟而默契。如是全家人上阵，那就更好看了：一人搅面，家人围锅而站，依次往锅里扬面，面粉纷飞，与雾气相融，构成了一幅颇富诗意的劳动图画……

传说三国时期诸葛亮屯兵西岐之时，军兵吃腻了当地的面食，于是诸葛亮就发明了一种名曰"水围城"的美食，这便是后来的"搅团"。所以在关中，至今依然有人将搅团称作"水围城"。

搅团做好后，舀到大盘子里、案板上，晾凉，凝团，就可以吃了。

在关中，搅团的吃法有三种：一种叫"水围城"，即用筷子把搅团夹成小块，然后泡"水水"吃。"水水"是关中人精心调制的一种汤，是用上好的香油、酱油、葱花、蒜苗丝、香菜末儿、大蒜汁、油泼辣子、味精调制成的。"水水"味道醇香，汤色艳丽，看着闻着都有食欲。一种吃法是"鱼鱼"：把搅团放在漏勺上挤，挤出的细条如蝌蚪般大小，然后再将"蝌蚪"蘸"水水"吃。还有一种吃法就是给搅团配上鲜红的臊子汤，搅团入口后，滑润爽适，绵软如东北的皮冻，入口即化，酸香扑鼻，勾人馋涎。

关中人喜欢吃搅团，一则是因为它是两面合一，粗（粮）细（粮）搭配，口感特殊，营养丰富，吃惯了鸡鸭鱼肉的现代人吃一次搅团，有种别开生面的感觉，所以关中地区有句顺口溜："苞谷面，打搅团，一下吃了两老碗。白米细面吃腻了，换个花样真稀罕！"不过，吃的"最凶"的还是关中妇女。在关中农村，农妇们视之如命，几天不吃搅团心里就发慌，嘴里就发淡，吵着嚷着让家中的"爷们"下厨做顿搅团吃。二则是因为搅团寓意是团团圆圆，幸福美满。所以在关中地区，办喜事时必吃搅团，图的是一个"美满"；过节时必吃搅团，图的是一个"团圆"。

搅团，黄土地上的乡土美食，粗粮细做的艺术。它凝结着关中人的聪明智慧和对美好生活的追求。

读与思

"各人的命运不一般，有人生来咥好饭，有人生来咥搅团。"有人说吃搅团的目的是"填穷坑"，是以前粮食不足时的一种无奈选择。时代变了，搅团反而成了人们追求的一种美味。

麦　饭

◎陈忠实

按照当今已经注意营养分析的人们的观点，麦饭属于真正的绿色食品。

我自小就有幸享用这种绿色食品。不过不是具备超前的科学饮食的意识，恰恰是贫穷导致的以野菜代粮食的饱腹本能。

早春里，山坡背阴处的积雪尚未褪尽消去，向阳坡地上的苜蓿已经从地皮上努出嫩芽来。我掐苜蓿，常和同龄的男孩子女孩子结伙从山坡上的这一块苜蓿地奔到另一块苜蓿地，这是幼年记忆里最愉快的劳动。

苜蓿芽儿用水淘了，拌上面粉，揉、搅、搓、抖均匀，摊在木屉上，放在锅里蒸熟。出锅后，用熟油拌了，便用碗盛着，整碗整碗地吃，拌着一碗玉米糁子熬煮的稀饭，可以省下一两个馍来。母亲似乎从我有记忆能力时就擅长麦饭技艺。她做得从容不迫，干湿、软硬总是恰到好处。我最关心的是，拌到苜蓿里的面粉是麦子面儿还是玉米面儿。麦子面儿俗称白面儿，拌就的麦饭软绵可口，玉米面儿拌成的麦饭就相去甚远了。母亲往往会说："白面儿断顿了，得用玉米面儿拌；你甭不高兴，我会多烧点熟油。"我从解知人言便开始习惯粗食淡饭，从来不敢也不会有奢望，从来不会要吃什么或想吃什么，而是习惯于母亲做什么就吃什么。没有道理也没有解释，贫穷造就的吃食的贫乏和单调是不容选择或挑剔的，也不宽容娇气和任性。

麦子面儿拌就的头茬苜蓿蒸成的麦饭，再拌进熟油，那种绵长的香味的记忆是无法泯灭的。按照家乡的风俗禁忌，清明是掐摘苜蓿的终结之日。清明之前，任何人家种植的苜蓿，尽可以由人去掐去摘，主人均是宽容大度的。清明一过，便不能再去任何人家的苜蓿地采掐，苜蓿要作为饲草生长了。

苜蓿之后，我们便盼着槐花。山坡和场边的槐花放白的时候，我便用早已备齐的木钩挑着竹笼去采折槐花了。

槐花开放的时候，村巷屋院都充溢着香气。

槐花蒸成的麦饭，另有一番香味，似乎比苜蓿麦饭更可口。这个季节往往很短暂，家家男女端到街巷里来的饭碗里，多是槐花麦饭。

按照今天已经开始青睐绿色食品的先行者们的现代营养意识，我便可以耍一把阿Q式的骄傲："我们的祖宗比你阔多了，他们早早就以苜蓿槐花为食了。"

到了难忘的二十世纪六十年代，被史称"三年困难"的六十年代初，家乡的原坡和河川里一切不含毒汁的野菜和野草，包括某些树叶，统统都被大人小孩挖、掐、拔、摘、捋回家去，拌以少许面粉或麸皮，蒸了，食了，已经无油可拌。这样的麦饭已成为主食，成为填充肚腹的主要食物。男人、女人、老人、小孩都别无选择，漂亮的脸蛋儿和丑陋的黑脸也无法挑剔，都只能赖此物充饥，延续生命。老人的脸黄了肿了，年轻人的脸黄了肿了，小孩子的脸也黄了肿了，漂亮的脸蛋儿黄了肿了时尤其令人叹惋。这种纯粹以绿色野菜野草为食物的实践，却显示出残酷的结果，提醒今天那些以绿色食品为时尚为时髦的先生太太们切勿矫枉过正，以免损害贵体。

第七章　吃在西安

　　近日和朋友到西安大雁塔下的一家陕北风味饭馆就餐，一道"洋芋叉叉"的菜令人费解。我吃了一口便尝出味来，便大胆探问："可是洋芋麦饭？"延安籍的女老板笑答："对。"关中叫麦饭，陕北叫洋芋叉叉。把洋芋擦成丝，拌以上等白面，蒸熟，拌油，仍然沿袭民间如我母亲一样的农家主妇的操作规程。陕北盛产洋芋，用洋芋做成麦饭，原也是以菜代粮，变换一种花样，和关中的麦饭无本质差别。不过，现在由服务生用瓷盘端到餐桌上来的洋芋叉叉或者说洋芋麦饭，却是一道菜、一种商品、一种卖价不小的绿色食品、城里人乐于掏腰包并赞赏不绝的超前保健食品了。

　　家乡的原野上，苜蓿种植已经大大减少。已经稀罕的苜蓿地，不容许任何人涉足动手掐采。传统的乡俗已经断止。主人一茬接着一茬掐采下苜蓿芽来，用袋装了，用车载了，送到城里的蔬菜市场卖一个好价钱。乡俗断止了，日子好过了，这是现代生活法则。

名家笔下的*老西安*

　　母亲的苜蓿麦饭、槐花麦饭已经成为遥远而又温馨的记忆。

读与思

　　现在的日子好过了，作者仍旧回味那些难以忘却的乡俗。如果我们的日子一天天走下去，承载着遥远而又温馨的记忆的乡俗和乡味也能一代代传下去，就再好不过了。

水盆羊肉

◎野 水

水盆羊肉，有别于清真的羊肉泡馍。既是水盆，当然汤多。正宗的水盆羊肉，应该是选用黑山羊的肉，其肉质细密绵厚，往往是沉在碗底的，约莫三四片，常常煮得飞花稀烂，入口嫩酥。汤是清亮的最好，这与厨师的手艺密切相关。好厨师做的水盆羊肉，不但肉烂汤清，鲜嫩爽适，而且味道悠长。做得不好，汤色发浑，调料咬合不均，色香味就欠佳，倒食客胃口。吃一次，下次人可能就不来了。

据说水盆羊肉的调料多达几十种。除了常用的花椒、桂皮、生姜等，还有丁香、草果、白芷等中药材。具体配方，那属于商业秘密，外人是不能知道的。羊肉性温味甘，入脾胃，达心肾，补血精，助元阳，生肌健力，抵御风寒，自然应为冬令大补。然三秦大地，炎炎夏日里，随处可见"水盆羊肉"的牌子，或堂皇地高挂于一些闹市大街；或歪歪扭扭四个大字写在一块门板上，伫立于尘土飞扬的乡间路边；或干脆什么牌子也没有，门前支一口大锅，锅里吱吱冒着热气，一大锅的羊肉，远远地便飘过一股羊膻味。吃的人汗流浃背，从背后看去，一个一个的头埋在大碗里，只见后脖颈上闪着汗光的肉在蠕动，一片吸吸溜溜的喝汤声。蒜皮在风扇下乱飞，满地便飞花片片，蔚为壮观。

这种反季节的吃法，我想可能和四川的火锅相似吧。大热的夏天，川人对火锅也是情有独钟。脚下的地板上，到处是油腻的，走来令人战战兢兢。他们不用什么油碗，直接从锅里捞出来，放在面前的吃碟里，就开始吞咽了，与我们这里的火锅有区别，区别就是吃法简单，大概是源于重庆的朝天门码头，那个挑着担儿的火锅鼻祖的简单设施吧。秦人的水盆羊肉，吃法也是简单，一老碗汤水带几小片肉，两个烧饼。一碗水盆端上来，食客先拿起黑而粗的筷子，"哗啦"一声翻江倒海，肉汤在碗里打旋儿，肉片就在漩涡里浮上来。肉少了，嘴里就嘟嘟囔囔；肉多，则喜眉笑眼，连说不错不错。馍也不需要像清真羊肉泡那样掰得很碎，直接大块泡进碗里，一会儿就膨胀漂浮起来。想吃辣，剜一勺油泼辣子，再大刀阔斧一搅，立刻汤红油亮，筷子也就沾满泡沫了。半截子是油水中间，就将筷子紧紧地夹在两片厚嘴唇中间，"吱"的一声如拉响锯，便光洁了；又在桌子上"当"的一声蹾齐，就着生蒜便吃。蒜是不提前剥皮的，倘若撕一小片餐巾纸，将剥得赤条条的蒜瓣一字儿摆在上面，就显得小资了，那往往是少数的穿白衬衣打领带的人的优雅动作。大多数的人，一手执筷，一手拇指与食指捏了蒜瓣的尾巴，先豪迈地一口咬掉蒜头上的棱角，舌头只一卷一舒，便将蒜瓣咬成一朵盛开的莲花，蒜皮也自然张开一圈。偶有些许小皮儿粘在嘴唇上，"噗"一声吹气，蒜皮便尽飞远处。也许粘在别人的腿上了，管它哩！嘴唇一抿，兀自便光洁了去。如羊吃枣刺，一树叶子全吞下去，竟无一刺扎了嘴舌。

记忆里，第一次吃水盆羊肉，是跟着父亲去十几里外的公社粮站缴公购粮。前一天的晚上，父亲说明天跟他一块去，顺便吃一回羊肉。我兴奋得一夜未睡，一直凝心那羊肉。第二天，我不用父亲叫，早早就起来了。

第七章 吃在西安

十五岁的我，仗着不小的块头和亢奋的心情，一个人将装满麦子的大口袋挨个扛出门，放倒在架子车里，一路昂扬地拉到粮站。到粮站的时候，天还没有亮，我们就在门口排队等候。直到天大亮，粮站的门才开。交完麦子，已是中午，在烈日的烘烤中，我们疲惫地走进街道的老食堂。

那一碗水盆羊肉，三毛五分钱——肉三毛，馍五分。父亲要了一份，分成两碗。他只吃了一片肉，我却吃得酣畅淋漓，风生水起，如过年一般。那碗羊肉的清香，通过我的嘴，在学校里飘荡了好长一段时间。

后来上高中，学校就在老食堂不远处。每每放学，经过老食堂的门口，我都要奋力地张大两个鼻孔，美美地吸气，期望更多的羊肉味被一丝不剩地吸进鼻子，然后闭了眼，感受肉的芬芳与清香。有好几次，我甚至张大了嘴巴，不由自主地空嚼，猛地就又羞愧起来，四下看看是否有人笑话我。然而令我吃惊的是，我看见好几个人，也如我一般，呆呆地立在门口，突出的眼球死死盯着提瓢舀汤的人。他们突兀的喉结，在细长的脖子上上下蠕动，又都张大了嘴，眼睛似闭似睁，只听得牙齿在响——古人所谓"屠门大嚼"，真的不余欺也！

最近的几年里，在西安，我也吃过好多家的水盆羊肉，有蒲城的，有澄城的。虽然加了好多的调料，总觉得味道不是很

89

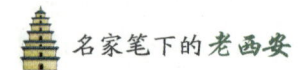

地道。东门外的老孙家，也带上了水盆，但供应的是糖蒜和辣子酱，没有生蒜和油泼辣子的生猛和倔劲；发现了方新村的一家，后来搬到了文景路，又撵到文景路去吃。肉少，刚刚温热了牙，没了。便常常怀念起老食堂的水盆羊肉来。

读与思

如果读文字还不能让你垂涎三尺，那就试试看纪录片《舌尖上的中国》里的水盆羊肉，能不能让你胃口大开呢？快去搜索观看吧！

群文探究

1. "水盆羊肉"和"羊肉泡馍"有什么不同呢?如果读完这些文字之后你食欲大增,也想照葫芦画瓢,做上一碗"水盆羊肉"的话,那就去试一试吧!

我的美食记录卡

2. 你发现了吗?西安的美食大多都是面食,为什么是这样的呢?请你查阅一下相关的资料,给出一个合理的解释吧!

我的解释

3.除了文中的美食,西安还有很多特有的水果,如火晶柿子、石榴。陕西的很多作家都对这些水果情有独钟,写下了很多有趣的文字。你了解它们吗?先试着画一画吧!

第八章　秦腔与秦韵

他大舅他二舅都是他舅

高桌子低板凳都是木头

　　一方水土养一方人，一方水土也孕育了一方的音韵。

　　如果说昆曲软糯、细腻，好像江南人做的糯米汤团，那么秦腔就像是陕西人每餐必不可少的油泼辣子，热烈、直爽。

　　即使听不懂秦腔里的戏文，看不懂华阴老腔的排场，我们仍旧能在这秦腔与秦韵中感受到古长安的千年遗风。

扫码立领
★ 名师朗读
★ 美文微课
★ 城市印象
★ 老城记忆

秦腔缘

◎朱佩君

我生长在秦腔世家，父亲是县秦腔剧团的编剧兼导演，母亲九岁就以一出《走南阳》唱红了家乡陕西三原县城以及周围邻县，成为剧团里的台柱子，被誉为"九岁红"。父母的足迹几乎踏遍了大西北的每个角落。几乎是在妈妈的肚子里，我就开始受秦腔的感染，呱呱落地后，便接受了秦腔的洗礼。

小时候因为父母经常下乡演出，有时实在不能照顾我们姐妹，我们便被送到乡下，由外公外婆抚养。外公是一个忠实的秦腔爱好者，并且会讲很多很多的戏文。我们的童年，很少听到美丽动人的童话故事，却常常能听到外公在窑洞里微弱的煤油灯光下声情并茂地讲的一本一本的老戏文。外公的情绪常常随着剧本里各个角色不断的变化而变化，兴奋时他还唱上几段。我们也都聚精会神，听得津津有味。外公一生最为自豪的就是有一个做名演员的女儿。每当听到从县城回来的人说："叔，今个晚上亚萍的戏，队长得连票都买不上。"那时候的外公心里别提有多高兴了，他得意地摸一摸自己花白的山羊胡子，脸上露出会心的笑容。最令人难忘的就是外公即将远行离开这个世界的那一时刻，家族里大大小小几十口人围在窑洞里外公的土炕边，等待着外公的临终遗言时，谁料躺在炕上已有数月、生命垂危的外公此时却忽地坐了起来，使出浑身力气唱了一段花脸唱段《斩单童》："呼喊一声绑帐外……"待整段唱腔唱完后，外公便倒下头驾鹤西去，带着他老人家一生钟爱的秦腔，走到了人生的终点。

二十世纪八十年代初，一个偶然的机会，是美丽神奇的戏曲，是古老而独具魅力的秦腔，让我终于实现了小时候的梦想，考入了向往已久的艺术摇篮——陕西省艺术学校，从此开始了我的艺术生涯。老师慈母般的精心培育，加上自身的努力，我终于以优异的成绩结束了七年的校园生活，分配到了令人羡慕的西北五省最高的艺术殿堂——陕西省戏曲研究院。从此，流光溢彩的舞台，高亢激昂、优美动听的秦腔艺术成为我一生的追求和最爱！花团锦簇的舞台，优美的音乐伴奏声一直伴随我成长……

离开舞台已有数年，不管我身在何处，都忘不了生我养我的家乡，魂牵梦萦的还是委婉动听的秦腔。记得在马来西亚生活工作的那段时间，有一次我同老板一起从马六甲往槟城送货，望着旅途上异乡的美丽风景，不由得把我的思绪带回了故乡陕西那浑厚淳朴的黄土高原上，口中禁不住又哼起了秦腔。五个小时的行程，我足足唱完了《火焰驹》《窦娥冤》两本大戏，剧中的生、旦、净、末、丑一个也没少地唱了个遍。那时的我完全投入到剧情之中，喜、怒、哀、乐尽现脸上。当我唱到斩窦娥时已悲愤交加，

朱佩君剧照

泪流满面……"朱小姐，你是不是生病了？"老板满脸狐疑地看着我，并给我递来了面巾纸。老板的问话把我从戏中的角色里拉回到了现实当中，我急忙接过老板手中的纸巾，擦拭了脸上的泪水，不好意思地说："哦，没事没事，我是在唱我的家乡戏秦腔呢。"后来在马六甲的一家有名的酒店"好世界"举办的一次好友会上，我正式把秦腔介绍给了他们。我告诉他们，西安不仅有气势恢宏的秦兵马俑，还有着流传了上千年的古老剧种——秦腔。

每次回到家乡，最有意义的事情就是家族聚会演唱秦腔，这事总是由父亲操办，吹、拉、弹、唱均是家族的亲戚。常常是由母亲激情饱满的一曲小生戏《英雄会》作为开场，父亲韵味十足的《诸葛亮撑船》排在第二。我呢，早已按捺不住，总是要找一段最长的最煽情的唱腔美美地过上一把戏瘾。表嫂声情并茂的《三娘教子》禁不住催人泪下。曾获得陕西电视台举办的业余演员《戏迷大叫板》季军的表姐也总是少不了一段成名作《砍门槛》。老姨妈已经七十多岁了，还要争着唱一段《探窑》。小姨、姨夫、姐姐、弟弟、表弟、表妹等，大家都争先恐后，当仁不让，你方唱罢我登场。热闹的气氛常常引来周围的邻居竞相观看，有的也即兴献上一段参与其中。

如今，来到北京已两载有余，秦腔一直伴随着我的生活。有我参与的活动，就会有秦腔的声音。每当我看到别的剧种进京演出的消息，我就发自内心地替秦腔着急。我多么希望在京城里能看到家乡的秦腔，让京城的人了解秦腔、欣赏秦腔、熟悉秦腔这个大剧种，也能让热爱家乡的北京秦人大饱眼福啊！好在京城有个同乡会，聚集了几千名陕西乡党，大家都非常热爱家乡，喜欢秦腔。同乡会每年聚会时，就会请来几位家乡的秦腔名角为大家助兴。大家亲如一家人，吃着家乡饭、讲着乡音、听着秦腔，心里别提有多高兴了。场面真是盛况空前，热闹非凡。这种时候，我也会乘机一展歌喉，大过一把秦腔瘾。

> **读与思**
>
> 　　对于陕西人来说，秦腔就是他们血管里涌动的生命之泉，是他们诉不完的衷肠，阻不断的乡愁。就像著名作家红孩说的："要融入陕西，就得听得懂秦腔。"

李十三推磨（节选）

◎陈忠实

"娘……的……儿——"

一句戏词儿写到特别顺畅也特别得意处，李十三就唱出声来。实际上，每一句戏词乃至每一句白口，都是自己在心里敲着鼓点和着弦索默唱着吟诵着，几经反复敲打斟酌，最终再经过手中那支换了又半秃了的毛笔落到麻纸上的。他已经买不起稍好的宣纸，改用便宜得多的麻纸了。虽说麻纸粗而且硬，却韧得类似牛皮，倒是耐得十遍百遍的揉搓啊翻揭啊。一本大戏写成，交给皮影班社那伙人手里，要反复背唱词对白口，不知要翻过来揭过去几十遍、几百遍，麻纸比又软又薄的宣纸耐得揉搓。

"儿……的……娘——"

李十三唱着写着，心里的那个舒悦那分快活是无与伦比的，却听见院里一声呵斥：

"你听那个老疯子唱啥哩？把墙上的瓦都蹭掉了……"

这是夫人在院子里吆喝的声音，且不止一回两回了。他忘情唱戏的嗓音，从屋门和窗子传播到邻家，也传播到街巷里，人们怕打扰他不便走进他的屋院，却又抵抗不住那勾人的唱腔，便从邻家的院子悄悄爬上他家的墙头，有老汉小子有婆娘女子，把墙头上掺接的灰瓦都扒蹭掉了。他的夫人一吆喝，那些脑袋就消失了。他的夫人回到屋里去纺线织布，那些脑袋又从墙头上冒出来。夫人不知多少回劝他："你爱编爱写就编去写去，你甭唱唱喝喝总该能成嘛！"他每一次都保证说记住了再不会唱出口了，却在写到得意受活时仍然唱得畅快淋漓，甭说蹭掉墙头几页瓦，把围墙拥推倒了也忍不住口。

"儿……啊……"

"娘……啊……"

李十三先扮一声妇人的细声，接着又扮男儿的粗声，正唱到母子俩生死攸关处，夫人推门进来，他丝毫没有察觉，突然听到夫人不无烦厌倒也半隐着的气话：

"你就知道唱！"

李十三从椅子上转过身，就看见夫人不愠不怒也不高兴的脸色，半天才从戏剧世界转折过来，愣愣地问："咋咧吗？出啥事咧？"

"晌午饭还吃不吃？"

"这还用问，当然吃嘛！"

"吃啥哩？"

这是个贤惠的妻子。自踏进李家门楼，一天三顿饭，做之前先请示婆婆，婆婆和公公去世后，自然轮到请示李十三了。李十三还依着多年的习惯，随口说："黏（干）面一碗。"

"吃不成黏（干）面。"

"吃不成黏（干）的吃汤的。"

"汤面也吃不成。"

"咋吃不成？"

"没面咧。"

"噢……那就熬一碗小米汤。"

"小米也没有了。"

李十三这才感觉到困境的严重性,也才完全清醒过来,从正在编写的那本戏里的生死离别的母子的屋院跌落到自家的锅碗灶台之间。正为难处,夫人又说了:"只剩下一盆苞谷糁子,你又喝不得。"

他确凿喝不得苞谷糁子稀饭,喝了一辈子,胃撑不住了,喝下去不到半个时辰就吐酸水,清淋淋的酸水不断线地涌到口腔里,胃已经隐隐作痛几年了。想到苞谷糁子的折磨,他不由得火了:"没面了你咋不早说?"

"我大前日格前日格昨日格都给你说了,叫你去借麦子磨面……你忘了,倒还怪我。"

李十三顿时就软了,说:"你先去隔壁借一碗面。"

"我都借过三家三碗咧……"

"再借一回……再把脸抹一回。"

夫人脸上掠过一缕不悦,却没有顶撞,刚转过身要出门,院里突响起一声嘎嘣脆亮的呼叫:"十三哥!"

再没有这样熟悉这样悦耳这样听来让人从头到脚从里到外都感觉到快乐的声音了,这是田舍娃嘛!又是在这样令人困窘得干摆手空跺脚的时候,听一听田舍娃的声音不仅心头缓过愉悦来,似乎连晌午饭都可以省去。田舍娃是渭北几家皮影班社里最具名望的一家班主,号称"两硬"班子,即嘴硬——唱得好,手硬——耍皮影的技巧好。李十三的一本新戏编写成功,都是先交给田舍娃的戏班排练演出。他和田舍娃那七八个兄弟从合排开始,夜夜在一起,帮助他们掌握人物性情和剧情演变里的种种复杂的关系,还有锣鼓铙钹的轻重……直到他看得满意了,才放手让他们去演出。这个把他秃笔塑造的男女活脱到观众眼前的田舍

第八章　秦腔与秦韵

娃，怎么掂他在自己心里的分量都不过分。

"舍娃子，快来快来！"

李十三从椅子上喊起来站起来的同时，田舍娃已走进门来，差点儿和走到门口的夫人撞到一起。只听"咚"的一声响，夫人闪了个趔趄，倒是未摔倒，田舍娃自己折不住腰，重重地摔倒在木门槛上。李十三抢上两步扶田舍娃的时候，同时看见摔撂在门槛上的布口袋，"咚"的沉闷的响声是装着粮食的口袋落地时发出的。他扶田舍娃起来的同时就发出疑问："你背口袋做啥？"

"我给你背了二斗麦。"田舍娃拍打着衣襟上和裤腿上的土末儿。

"你人来了就好——我也想你了，可你背这粮食弄啥嘛！"李十三说。

"给你吃嘛！"

"我有吃的哩！麦子豌豆谷子苞谷都不缺喀！"

田舍娃不想再说粮食的事，脸上急骤转换出一副看似责备实则亲畅的神气："哎呀我的老哥呀！兄弟进门先跌个跟斗，你不拉不扶倒罢了，连个板凳也不让坐吗？"

李十三赶紧搬过一只独凳。田舍娃坐下的同时，李夫人把一碗凉开水递到手上了。田舍娃故作虚叹地说："啊呀呀！还是嫂子对兄弟好——知道我一路跑渴了。"

李十三却以不容置疑的口气对妻子说："快，快去擀面，舍娃跑了几十里肯定饿了。今晌午咥黏（干）面。"

夫人转身出了书房，肯定是借面去了。她心里此刻倒是踏实，田舍娃背来了二斗麦子，明天磨成面，此前借下的几碗麦子面都可以还清了。

田舍娃问:"哥呔,正谋算啥新戏本哩?"

李十三说:"闲是闲不下的,正谋算哩,还没谋算成哩。"

田舍娃说:"说一段儿唱几句,让兄弟先享个耳福。"

"说不成。没弄完的戏不能唱给旁人。"李十三说,"咋哩?馍没蒸熟揭了锅盖跑了汽,馍就蒸成死疙瘩了。"

田舍娃其实早就知道李十三写戏的这条规矩,之所以明知故问,不过是无话找话,改变一下话题,担心李十三再纠缠他送麦子的事。他随之悄声悦气地开了另一个话头:"哥呀,这一向的场子欢得很,我的嗓子都有些招不住了,招不住还歇不成凉不下。几年都不遇今年这么欢的场子,差不多天天晚上有戏演。你知道喀——有戏唱就有麦子往回背,弟兄们碗里就有黏(干)面咥!"

李十三在田舍娃得意的欢声浪语里也陶醉了一阵子。他知道麦子收罢秋苗锄草施肥结束的这个相对松泛的时节,渭河流域的关中地区每个大小村庄都有"忙罢会",约定一天,亲朋好友都来聚会,多有话丰收的诗蕴,也有夏收大忙之后歇息娱乐的放松。许多村子在"忙罢会"到来的前一晚,约请皮影班社到村里来演戏,每家不过均摊半升一升麦子而已。这是皮影班社一年里演出场子最欢的季节,甚至超过过年。田舍娃刚打住兴奋得意的话茬,李十三却眉头一皱、眼仁一聚,问:"今年渭北久旱不雨,小麦歉收,你的场子咋还倒欢了红火咧?"

"戏好嘛!咱的戏演得好嘛!你的戏编得好嘛!"田舍娃不假思索张口就是爽快的回答,"《春秋配》《火焰驹》一个村接着一个村演,那些婆娘那些老汉看十遍八遍都看不够,在自家村看了,又赶到邻村去看,演到哪里赶到哪里……"

"噢……"李十三眉头解开，有一种欣慰。

读与思

接受记者采访时，陈忠实谈起了自己创作这本书的初衷："秦腔名剧《火焰驹》打动了众多三秦儿女，从我们这一代人算起，不知有多少人几乎是看着这部戏长大的，但最让人遗憾的是，很少有人知道这部戏出自剧作家李十三之手。"地道的老戏迷陈忠实2007年为其写了一部短篇小说《李十三推磨》，并摘得"百花奖"。李十三是清朝嘉庆年间一位穷困文人，他一生困苦，以写秦腔剧本为生。你想知道这位伟大的剧作家结局如何吗？快去读一读《李十三推磨》这本书吧！

秦腔《三滴血》选段

◎范紫东

第一场　拒兄（节选）

周仁祥　哥哥，你在陕西经商多年，买卖可曾如意？

周仁瑞　还说什么如意不如意，能得生还故乡，也算万幸。兄弟呀，如今你也娶下妻了？

周仁祥　为弟已娶下妻了。贤妻，快与哥哥见个礼儿。

周马氏　哥哥在上，弟媳有礼。

周仁瑞　免礼了。兄弟呀，你如今也得下子了？

周仁祥　哥哥，为弟如今也得下子了。牛娃过来，给你伯作个揖儿。（牛娃有难色）

周仁瑞　（手携牛娃）小侄，说是你来来来呵！
　　　　　（唱摇板）
　　　　　　　　　一见小侄心欢喜，（绕）
　　　　　（周马氏对周仁祥耳语）

周仁祥　嗯嗯。哥哥，这是谁家的孩子？

周仁瑞　这便是为兄的儿子。
　　　　　（唱）快与你叔父叔母先拜揖。
　　　　　（周天佑与仁祥夫妇行礼，仁祥夫妇惊退）
　　　　　（唱）你兄弟二人也行礼，
　　　　　（引天佑、牛娃作揖介）

　　　　还望你推枣又让梨。

　　（天佑、牛娃下。）

周马氏　（马氏拉仁祥出门）回来没挣下银钱，还引回个儿男，将来岂不是咱们的后患？你先问他这个儿子是从哪里来的。

周仁祥　哥哥，你到底是引的谁家的孩子？

周仁瑞　（微怒）只管说是我的儿子，难道我把别人的孩子引回家里不成！

周仁祥　哥哥，你这个儿子究竟是哪里来的呢？

周仁瑞　问得真乃可笑，你听呀！

　　（唱大带板）

　　　　在陕西经商二十载，
　　　　怪我时穷运不来。
　　　　因为娶妻又累债，
　　　　妻死留下两婴孩。
　　　　无奈何便把那个卖，
　　　　留下此子引回来。

周仁祥　照这说来，你在陕西还娶下妻室。那你为什么不把我嫂嫂搬回来呢？

周马氏　是呀，你为什么不把我嫂嫂搬回来呢？

周仁瑞　只管说死了，死了，就是搬回来也是一副灵柩。

周马氏　噢，倒说了个干净。（天佑、牛娃上）牛娃，过来。

周仁祥　好我的哥哥哩，话不是这样说。你在陕西娶妻生子，家中并不知晓；如今你拿这无凭无证的话，怎能哄得过人？你说你娶过十二金钗谁见来？

名家笔下的老西安

三滴血

读与思

　　《三滴血》是秦腔剧作家、易俗社的创始人范紫东的代表作，取材自清代纪昀的《阅微草堂笔记》。这是三秦大地喜爱秦腔艺术的戏迷们最喜爱的秦腔剧之一。读了这个片段，你想亲自感受一下《三滴血》的魅力吗？快去网上搜索一下吧！

群文探究

1. 说到秦腔，你脑海中会浮现哪些词语呢？请把它们写下来吧！这些词语用来形容西安这座城市是否也很恰当呢？

我想到的词语
高亢
激昂
慷慨
浑厚
……

2. 除了秦腔，西安还有一个特别有意思的剧种，叫迷糊戏。上网搜索《张连卖布》，读一读它的歌词，听一听它的唱腔，试一试你能不能听懂里面的陕西话。

张连卖布

四姐（唱）：你把咱大涝池卖钱做啥，
张连（唱）：我嫌它不养鱼光养蛤蟆。
四姐（唱）：白杨树我问你卖钱做了啥，
张连（唱）：我嫌它长得高不求结啥。
四姐（唱）：芦公鸡我问你卖钱做了啥，
张连（唱）：我嫌它不叫鸣是个哑巴。
四姐（唱）：牛笼嘴我问你卖钱做了啥，
张连（唱）：又没牛又没马给你带呀。
四姐（唱）：五花马我问你卖钱做啥，
张连（唱）：我嫌它性情瞎爱踢娃娃。
四姐（唱）：你把咱大狸猫卖钱做啥，
张连（唱）：我嫌它吃老鼠不吃尾巴。
四姐（唱）：你把咱狮子狗卖钱做啥，
张连（唱）：我嫌它不咬贼光咬娃娃。
四姐（唱）：你把咱做饭锅卖钱做啥，
张连（唱）：我嫌它打搅团爱起疙瘩。
四姐（唱）：你把咱大风箱卖钱做啥，
张连（唱）：我嫌它煽起火来嘀哩啪啦。
四姐（唱）：你把咱小板凳卖钱做啥，
张连（唱）：我嫌它坐着低不如蹲下。
四姐（唱）：你把咱大水缸卖钱做啥，
张连（唱）：我嫌你舀水去勾子蹶下。

第九章　八景与八怪

秦岭昂首，泾渭波澜。

灞柳长歌，曲江情缘。

　　西安不仅有着美景，而且美得特色鲜明；长安不仅有着美食，而且风味独到迷人。

　　西安人，生活在"关中八景"中，他们耳边飘过的是"雁塔晨钟"，眼前飞过的是"灞柳风雪"……

　　西安人，生活在"陕西八大怪"中，他们手里端的是脸盆一样大的瓷碗，嘴里吼的是祖宗传下来的秦腔……

名家笔下的老西安

关中八景诗

◎ [清] 朱集义

华岳仙掌
玉屑金茎承露盘，
武皇曾铸旧长安。
何如此地求仙诀，
眼底烟雾指上看。

雁塔晨钟
噌弘初破晓来霜，
落月迟迟满大荒。
枕上一声残梦醒，
千秋胜迹总苍茫。

第九章　八景与八怪

草堂烟雾

烟雾空蒙叠嶂生，
草堂龙象未分明。
钟声缥缈云端出，
跨鹤人来玉女迎。

灞柳风雪

古桥石路半倾欹，
柳色青青近扫眉。
浅水平沙深客恨，
轻盈飞絮欲题诗。

曲江流饮

坐对回波醉复醒，
杏花春宴过兰亭。
如何但说山阴事，
风度曾经数九龄。

111

名家笔下的**老西安**

骊山晚照

幽王遗恨没荒台，
翠柏苍松绣作堆。
入暮晴霞红一片，
尚疑烽火自西来。

咸阳古渡

长天一色渡中流，
如雪芦花载满舟。
江上丈人何处去，
烟波依旧汉时秋。

太白积雪

白玉山头玉屑寒，
松风飘拂上琅玕。
云深何处高僧卧，
五月披裘此地看。

读与思

　　无论是雁塔的晨钟，还是草堂的烟雾，几百年前的古人听到过它，见到过它。几百年后的今天，我们仍然能感受到它，思考着它。溜走的是时间，过往的是岁月，留下的是西安。这座城，等待着你去发现。

陕西八大怪，你说怪不怪？

◎郭明月

"百里不同风，千里不同俗。"由于气候、经济、文化等多方面原因的影响，陕西关中地区逐渐形成了一些独特的地方风俗。陕西人把这些风俗总结起来，起了一个好玩的名字——陕西八大怪。

第一怪：面条像裤带

关中盛产小麦，陕西人的主食以面食为主。其中有一种扯面，长约一米左右，宽二三寸，厚度和硬币差不多。因为长得就像人们扎的腰带一样，所以它叫裤带面，也叫"𰻞（biáng）𰻞面"。

吃面之前不妨去厨房观察一下，看看这裤带面是怎么制作出来的：面案上摆满了面块儿，师傅双手拎过一块儿面，两头一扯，使劲往面案上一摔，"𰻞——𰻞——"几声，顷刻间，面块儿被摔打成又长又厚的面片，扔进锅里。沸腾的面汤裹挟着水袖般的面片，翻滚着。师傅拿起漏勺，从锅里捞出一大海碗，碗底事先盛着作料，豆芽青菜做底，再浇上一大勺油泼辣子，撒上一些翠绿的葱花香菜，一大碗热气腾腾的裤带面就端上来了。

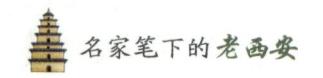

第二怪：锅盔像锅盖

锅盔是一种在平底锅里用慢火烙制的圆饼，大如锅盖，厚约一指，口感清香，回味无穷。因为锅盔不易变质，便于携带，如果家中有人出远门，亲人们一定会烙一些锅盔，让出门人带上，这一习俗延续至今。

锅盔算起来已有两三千年的历史了。相传周朝文王伐纣之时，锅盔就是士兵的军粮，在陕西西府一带，至今还有一种锅盔名叫"文王锅盔"。到了秦代，锅盔更是被发扬光大。秦人制作的锅盔，饼厚、瓷实。士兵们在锅盔上钻两个眼儿，用绳系好，前胸、后背各搭一个。这种携带方式还有意想不到的作用。在作战时，它成了战士的防弹背心，敌军射过来的箭，扎在锅盔上，又被秦军拔下来，射回去。锅盔能"吃箭"，也成了秦军获胜的一大法宝。

第三怪：辣子一道菜

别人拿辣子当佐料，老陕拿辣子当菜。凉皮、臊子面、酸汤水饺……无论什么饭菜，舀上一勺辣子，那味道就发生了质的变化。即使没菜没肉，掰开白馍馍夹上油泼辣子，老陕们也能咥上三两个。

油泼辣子做法很简单，也很有意思，一样的辣子面，可家家的味道不同。火红的辣椒面，泼上滚烫的菜籽油，激发出来的香味会四处漂浮，满街都能闻见。泼辣子的油温很有讲究：油温低了，辣子的香味激发不出来，吃到嘴里是生油味；油温高了，辣子面会糊，辣子油的味道就会发苦。这油温的控制，这油泼辣子的味道，就像陕西人的性格，直爽但不蛮横，热烈而不张扬。

第四怪：姑娘不对外

汉中的姑娘不外嫁，听上去好像有点不讲理啊！陕西人为什么会有这样的想法呢？

陕西自古帝王州，八百里秦川是富饶之地，风调雨顺，物产丰富，人民生活殷实富足，很少外出谋生。从地理位置讲，陕西以东出了潼关就要过黄河，中原地区三年一小灾，十年一大灾。黄河一泛滥，河南的人都举家往陕西逃荒；往西就是阳关，自古"阳关万里道，不见一人归"，那等苦寒之地，谁愿意让自己的女儿嫁过去受苦？西安南面是横亘八百里的秦岭，历史上交通不便，饮食习惯迥异，如果不是逃避战乱、灾祸，谁愿意翻山越岭讨生活呢？陕西北面是缺水少粮的陕北高原。陕北信天游有一句经典的唱词："咱俩见面容易拉手手难！"这词背后是陕北高原沟壑万千，人和人看似面对面，实则道路不通、真正在一起难的真实状况。

说了这么多，古时候，陕西人不愿意把自己的姑娘嫁到外地，是不是就好理解了呢？

第五怪：房子半边盖

中国传统民居的房顶是两面坡的"人"字形，而在关中地区则不然，随处可见"半边盖"的房子，房檐一面短一面长，长的一面都冲着自家的院子。为什么会这样设计呢？

据说，"房子半边盖"的原因有二：第一，关中地区森林稀少，缺乏粗壮的木材充当房屋的大梁。房子盖半边，可以节约木材。第二，正所谓"肥水不流外人田"，内陆地区干旱少雨，这半边盖的房子能让雨水沿着房檐，全部流到自家的院子，存入水窖里，等需要的时候再把水打出来用。

"房子半边盖"是关中一大景观，却也是旧社会生产力不发达的产物。这种房子光线不充足，通风不畅。随着社会的发展，建筑材料的革新，陕西人改变了千年建筑的习惯，半边盖的房子越来越少了。

第六怪：帕帕头上戴

虽然自古以来就有"八水绕长安"这样的说法，但是陕西地处内陆，干旱缺雨，植被覆盖率低，风大沙多，因此，农村妇女头上戴帕帕成了出门的标配。

外出的时候，帕子叠好戴头上，防沙防雨又防晒，擦手擦汗都方便。家里做饭时，用的是柴火灶，头发上、脸上难免布满烟灰，脑袋上顶个帕帕，避免了灰尘，干净又卫生。出门买东西，水果、糕点、针线一河滩，顺手拿下头上的帕子，摊开铺平，货物堆在中间，四角一系，中间一提，这就是一个现成的包裹。陕西妇女勤劳持家的智慧，都浓缩在这头上的一方帕帕上了。

第七怪：不坐蹲起来

在关中，你会经常看到，有人端一个大海碗，蹲在凳子上咥面，就是递给他一把椅子，他也会鞋子一脱，蹲在上面。这样的现象，也被一些影视导演记录到了他们的作品中。电视剧《那年花开月正圆》里孙俪扮演的吴家少奶奶，电视剧《装台》里面张嘉译刻画的城中村村民，他们随时随处一言不合就蹲下的样子，就是陕西人随性生活的真实写照。

关中人把蹲叫"圪蹴（gē jiu）"，这两个字是从"坐"演变而来，而"坐"的本意就是跪，将膝盖并直，屁股全压在两个脚后跟上。关中地区的蹲基本保持了"坐"的本意，只是姿势稍有改变。吃饭时，晒太阳时，谝闲传时，听戏看热闹时，陕西男人都喜欢蹲着，一蹲就是一个多小时，即使有凳子，也不愿意坐下来。

第八怪：秦腔吼起来

"他大舅他二舅都是他舅，高桌子低板凳都是木头，太阳圆月亮弯都在天上……"沙哑的吼声回荡在空中，这是西安随处可见的秦腔"自乐班"在自娱自乐呢。这些演员们，有的席地而坐，有的嘴里叼着烟袋，也有的一本正经地化了妆，一板一眼地表演着，那气势可媲美专业演员。唱到尽兴之处，他们齐声长吼，群情激昂，那苍凉雄浑的声音直插云霄，震撼人心。

秦腔是中国最古老的剧种之一，被尊为"百戏之祖"。在古老的中国，农民脸朝黄土背朝天，年复一年地辛苦劳作，这秦腔，就是他们宣泄内心、表达情感的通道。不论老幼、不分男女、不分城乡，秦腔深深镌刻在老陕的灵魂深处。在陕西这块土地上，"生儿以秦腔迎接，送葬以秦腔致哀，似乎这人生的世界，就是秦腔的舞台"。

读与思

怪，是相对而言的。大多数的"怪"，都会随着时间的变化，而被周围的环境同化。而西安，这座有着几千年的建城史的城市，无论是城市文化，还是休闲方式、大众饮食，绵延流传几千年，从来没有断绝。这，或许就是西安独特的城市魅力。

第九章 八景与八怪

板凳不坐蹲起来

◎吕向阳

午饭的时候,村子的碌碡、土堆、台沿、崖畔与大树下,都蹲着一群端着老碗的男人,吸溜着裤带面,远远看去,就像一群出水的青蛙、一棚贪草的黑牛、一窝梳翅的老鹰,而屋里的板凳却闲着四腿蹬直面朝天。"站着咥饭胃下垂,坐着咥饭没滋味",老陕咥饭讲究蹲。

赶会的集市,一街两行的小商小贩齐刷刷地蹲在地上,仰着头伸长着脖子,像等着天上掉馅饼似的盼望着顾客的光顾。羊市鸡市,主人蹲着;猪市狗市,主人蹲着;牛市马市,主人蹲着。主人蹲着,一路受惊的牲畜也不像刚出门时那样拼命地弹跳挣扎,它们似乎知道了主人的无情,只好接受屠刀或是其他命运的摆布。挑剔的买家,最懂得蹲着的卖家使的是"示弱术",装的是"可怜相",骨子里贩弄的是待价而沽、锱铢必较,因为"从南京到北京,买的没有卖的精"。老陕有一句口前话,叫"立客难打发",说站着谈生意的急脚客做不成买卖,做生意的秘诀是磨嘴皮子磨时间。你看,那戴着石头眼镜噙着旱烟锅的经纪人,总是诡秘地蹲在地上,而眼睛却像锥子一样紧盯着买主卖主的神色与诚意,火候差不多了,便拿出"和事佬"最厉害的一招——生拉硬拽,硬把双方手拉进草帽或袄襟下,口里念着"这个整""这个零","让一点""添一点",一边用"买卖不成仁义在""乡里乡党熟脸鬼"等戳心窝子的话撮合着。一旦成交,经纪人顺手抽上块儿八毛塞进怀里,然后笑呵呵地调侃说:"你哥俩都是精明人,以后弄啥事咔嚓麻利些,把老弟我的脚都蹲麻了。"

看大戏,你站着晃来晃去碍人眼,蹲着的人骂你像个踢货骡子木头桩。上庙会,你站着指手画脚不消停,蹲着的人就怨你三心二意不是敬神的样。即便下地累了坐在地头,闲暇时聚在村口谝闲传,蹲的人也数落你坐相不端,两腿撇得像簸箕一样不害臊!蹲在炕头,蹲在墙根,蹲在街头,最有蹲功的要算棋迷,一蹲就是半夜,双脚就像被大耙钉钉在地上。最出奇的蹲姿要数蹲在板凳上,敢蹲在板凳上的多是长者,一副居高临下、唯我独尊、盛气凌人的架势,若是日子不舒坦、婆娘娃不顺心,那肯定蹲在没人处生闲气哩。

蹲下能咥饱。蹲下能解乏。蹲下能安神。蹲下能防病。爱蹲的老陕一般夏不坐木,冬不坐石。木有湿气,石有寒气。老人说四季不坐地,坐地久了,看不见的病菌、邪气、毒气就上了身,尻子生虫肚子胀,腰酸背痛爱生疮,老人也常给娃娃说怕怕——尻门子是气筒子,在哪坐过潮湿地,就赶急在哪用力拍打沾上的泥土。

农人过日子,家当十不全,百样都作难,不是人不爱坐板凳,是因为没有板凳坐。昔日农村缺木料,大多人家置办不起家具,别说配套的高桌子低板凳,就是一两个一条腿的树根墩、两条腿的狗娃板凳、三条腿的单人凳也是稀缺,只有个别富户才有杌子、椅子、长板凳。遇到红白喜事招待客人,家家都是东拼西凑拼成的杂牌军。有一家娶新媳妇,主人万分热情请亲家坐上席,不料那长板凳一头折腿挑了空,亲家急忙想扶桌站起来,又

一手拉倒了餐桌，顿时七盘子八碗都浇到身上。这下人家不依不饶翻脸了，说是故意给难看，难听话说得多了就拉拉扯扯、推推搡搡，两家人打到了一起。亲家抹着鼻血火冒三丈，吼叫说跟着穷光蛋没有好日子过，这婚不结了，硬是拉上哭泣的女儿出了村。后来托了几拨人赔情道歉，答应给娃做四把新椅子、二回摆酒席，才把媳妇娶进门。而学生娃上学，自带的板凳高的高、低的低，方的方、圆的圆，上课时不是前头板凳掉了腿，就是后面板凳咯吱咯吱响。老师苦笑着对学生说："都不要嫌板凳烂，没这烂板凳，就要趴在地上写作业。烂板凳出大秀才，出大将军。毛主席的著作，大多是蹲在马扎、蹲在战壕、蹲在石头旁边写成的。有了好板凳，恐怕你们都坐得舒服了变成了懒身子，坐等天上掉馅饼了！"

翻开中国地图，陕西的轮廓就像一个蹲着的武俑。外地人惊叹道："陕人头望着大西北，心脏是陕北黄帝陵，腹部是大关

名家笔下的老西安

中，陕南是两条蹲着的腿！"多少年前，《华商报》就发了"陕西版图是蹲着的兵马俑"的消息，陕人也附和道："怪不得呢，咱老陕爱蹲着，这地图上的兵马俑也是蹲着，陕西蹲着，陕西人也跟着蹲呢！这一怪，刻在地图上了。"

读与思

"陕西蹲"，曾经出现在著名导演张艺谋的电影中，也曾经被著名演员孙俪淋漓尽致地演绎过。作家吕向阳用他对西安文化的细致了解，用陕西人的思维方式，对"陕西蹲"做了最好的诠释。

群文探究

1. 关中八景中的"草堂烟雾"非常有名,这烟雾出自寺内的一口古井。古井在草堂寺的北院,这井口经常出现烟雾升腾的奇景,多年来从未断绝。对于这烟雾的成因,从古至今人们给出了很多假设,但至今仍然没有定论。请你提出自己的假设,并收集资料,加以论证。

我的假设:

我的论据:

2. 你知道汉字里面最难写的字是哪个字吗?是𰻞(biáng)𰻞面的𰻞字。跟着口诀来写一下这个字吧!

一点飞上天,黄河两头弯,八字大张口,言字往进走。

左一扭,右一扭,东一长,西一长,中间夹个马大王。

月字边,心字底,挂个钩担挂麻糖,坐个车车逛咸阳。

3.比较以下不同地域的民居，说说它们有什么异同。如果有条件，可以现场考察一下，把它们的形态画下来。

陕西民居

江南民居

第十章　梦回长安

天下风光何处好？八水三川，自古长安道。

"整个西安城，充溢着中国历史的古意，表现的是一种东方的神秘，囫囵囵是一个旧的文物，又鲜活活是一个新的象征。"

无数的帝王将相、英雄豪杰、文人墨客都曾经在这里生活，在这里成长。走在西安的每一条大街小巷，驻足于西安的每一个博物馆，历史的气息扑面而来。

行走在西安，每一寸土地、每一缕呼吸，都沉淀着岁月的痕迹。

扫码立领
★ 名师朗读
★ 美文微课
★ 城市印象
★ 老城记忆

名家笔下的**老西安**

寻人启事

数风流人物，还看西安！

这些你耳熟能详的人，都曾经在西安城生活。而今，你能在哪里找到他（她）留下的足迹呢？用你的笔和相机记录下来吧！

	秦始皇的足迹
	武则天的足迹
	唐太宗的足迹

	董仲舒的足迹
	颜真卿的足迹
	张学良、杨虎城的足迹

（建议路线：秦始皇陵兵马俑—武则天墓—观音禅寺—董仲舒墓—碑林—西安事变博物馆）

名家笔下的老西安

遇见城墙

西安城墙一共有18个城门。你知道哪个城门的故事？把它讲给你身边的人听吧。

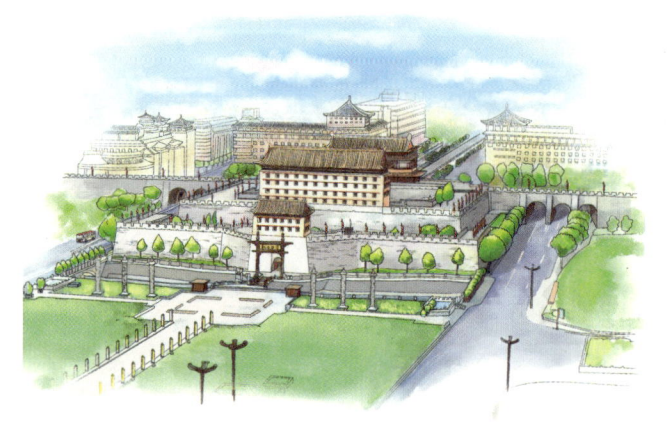

永宁门

和平门

第十章　梦回长安

含光门

安定门

勿幕门

名家笔下的**老西安**

朱雀门

玉祥门

尚武门

第十章　梦回长安

安远门

中山门

朝阳门

名家笔下的老西安

解放门

尚勤门

建国门

第十章 梦回长安

尚德门

文昌门

长乐门

名家笔下的**老西安**

尚俭门

（本组插画由"西安城墙"提供）